Luigi Pirandello

"Una giornata"

EFFETTI D'UN SOGNO INTERROTTO

Abito in una vecchia casa che pare la bottega d'un rigattiere. Una casa che ha preso, chi sa da quanti anni, la polvere.

La perpetua penombra che la opprime ha il rigido delle chiese e vi stagna il tanfo di vecchio e d'appassito dei decrepiti mobili d'ogni foggia che la ingombrano e delle tante stoffe che la parano, preziose sbrindellate e scolorite, stese e appese da per tutto, in forma di coperte, di tende e cortinaggi. Io aggiungo di mio a quel tanfo, quanto più posso, la peste delle mie pipe intartarite, fumando tutto il giorno. Soltanto quando rivengo da fuori, mi rendo conto che a casa mia non si respira. Ma per uno che vive come vivo io... Basta; lasciamo andare.

La camera da letto ha una specie d'alcova su un ripiano a due scalini; il soffitto in capo; l'architrave sorretto da due tozze colonne in mezzo. Cortinaggi anche qui, per nascondere il letto, scorrevoli su bacchette d'ottone, dietro le colonne. L'altra metà della camera serve da studio. Sotto le colonne è un divanaccio, per dir la verità molto comodo, con tanti cuscini rammucchiati e, davanti, una tavola massiccia che fa da scrivania; a sinistra, un grande camino che non accendo mai; nella parete di contro, tra due finestrette, un antico scaffale con cadaveri di libri rilegati in cartapecora ingiallita. Sulla mensola di marmo annerito del camino è appeso un quadro secentesco, mezzo affumicato, che rappresenta la MADDALENA IN PENITENZA, non so se copia o originale ma, anche se copia, non priva d'un certo pregio. La figura, grande al vero, è sdrajata bocconi in una grotta; un braccio appoggiato sul gomito sorregge la testa; gli occhi abbassati sono intenti a leggere un libro al lume d'una lucerna posata a terra accanto a un teschio. Certo, il volto, il magnifico volume dei fulvi capelli sciolti, una spalla e il seno scoperti, al caldo lume di quella lucerna, sono bellissimi.

La casa è mia e non è mia. Appartiene con tutto l'arredo a un mio amico che tre anni fa, partendo per l'America, me la lasciò in garanzia d'un grosso debito che ha con me. Quest'amico, s'intende, non s'è fatto più vivo, né, per quante domande e ricerche io abbia fatte, son riuscito ad averne notizie. Certo però non posso ancora disporre, per riavere il mio, né della casa né di quanto vi sta dentro.

Ora, un antiquario di mia conoscenza fa all'amore con quella MADDALENA IN PENITENZA e l'altro giorno mi condusse in casa un signore forestiere per fargliela vedere.

Il signore, sulla quarantina, alto, magro, calvo, era parato di stranissimo lutto, come usa ancora in provincia. Di lutto, pure la camicia. Ma aveva anche impressa sul volto scavato la sventura da cui è stato di recente colpito. Alla vista del quadro si contraffece tutto e subito si coprì gli occhi con le mani, mentre l'antiquario gli domandava con strana soddisfazione:

- Non è vero? Non è vero?

Quello, più volte, col viso ancora tra le mani, gli fece segno di sì. Sul cranio calvo le vene gonfie pareva gli volessero scoppiare. Si cavò di tasca un fazzoletto listato di nero e se lo portò agli occhi per frenare le lagrime irrompenti. Lo vidi a lungo sussultar nello stomaco, con un fiottìo fitto nel naso.

Tutto - meridionalmente - molto esagerato.

Ma fors'anche sincero.

L'antiquario mi volle spiegare che conosceva fin da bambina la moglie di quel signore, ch'era del suo stesso paese: - Le posso assicurare ch'era precisa l'immagine di questa MADDALENA. Me ne son ricordato jeri, quando il mio amico venne a dirmi che gli era morta, così giovane, appena un mese fa. Lei sa che son venuto da poco a vedere questo quadro.

- Già, ma io...

- Sì, mi disse allora che non poteva venderlo.

- E neanche adesso.

Mi sentii afferrare per il braccio da quel signore, che quasi mi si buttò a piangere sul petto, scongiurandomi che glielo cedessi, a qualunque prezzo: era lei, sua moglie, lei tal'e quale, lei così - tutta - come lui soltanto, lui, lui marito, poteva averla veduta nell'intimità (e, così dicendo, alludeva chiaramente alla nudità del seno), non poteva più perciò lasciarmela lì sotto gli occhi, dovevo capirlo, ora che sapevo questo.

Lo guardavo, stordito e costernato, come si guarda un pazzo, non parendomi possibile che dicesse una tal cosa sul serio, che potesse cioè sul serio immaginarsi che quello che per me non era altro che un quadro su cui non avevo mai fatto alcun pensiero potesse ora diventare anche per me il ritratto di sua moglie così col petto tutto scoperto, come lui solo poteva averla veduta nell'intimità e dunque in uno stato da non poter più lasciarla sotto gli occhi a un estraneo.

La stranezza di una tale pretesa mi promosse uno scatto di riso involontario.

- Ma no, veda, caro signore: io, sua moglie, non l'ho conosciuta; non posso dunque attaccare a questo quadro il pensiero che lei sospetta. Io vedo là un quadro con un'immagine che... sì, mostra...

Non l'avessi mai detto! Mi si parò davanti, quasi per saltarmi addosso, gridando:

- Le proibisco di guardarla ora, così, in mia presenza!

Per fortuna s'intromise l'antiquario, pregandomi di scusare, di compatire quel povero forsennato, ch'era stato sempre fin quasi alla follia geloso della moglie, amata fino all'ultimo d'un amore quasi morboso. Poi si rivolse a lui e lo scongiurò di calmarsi; ch'era stupido parlarmi così, farmi un obbligo di cedergli il quadro in considerazione di cose tanto intime. Osava anche proibirmi di guardarlo? Era impazzito? E se lo trascinò via, di nuovo chiedendomi scusa della scenata a cui non s'aspettava di dovermi fare assistere.

Io ne rimasi talmente impressionato che la notte me lo sognai.

Il sogno, a dir più precisamente, dovette avvenire nelle prime ore del mattino e proprio nel momento che un improvviso fracasso davanti all'uscio della camera, d'una zuffa di gatti che m'entrano in casa non so di dove, forse attratti dai tanti topi che l'hanno invasa, mi svegliò di soprassalto.

Effetto del sogno così di colpo interrotto fu che i fantasmi di esso, voglio dire quel signore a lutto e la immagine della MADDALENA diventata sua moglie, forse non ebbero il tempo di rientrare in me e rimasero fuori, nell'altra parte della camera oltre le colonne, dov'io nel sogno li vedevo; dimodoché, quando al fracasso springai da letto e con una strappata scostai il cortinaggio, potei intravedere confusamente un viluppo di carni e panni rossi e turchini avventarsi alla mensola del camino per ricomporsi nel quadro in un baleno; e sul divano, tra tutti quei cuscini scomposti, lui, quel signore, nell'atto che, da disteso, si levava per mettersi seduto, non più vestito di nero ma in pigiama di seta celeste a righine bianche e blu, che alla luce man mano crescente delle due finestre si andava dissolvendo nella forma e nei colori di quei cuscini e svaniva.

Non voglio spiegare ciò che non si spiega. Nessuno è mai riuscito a penetrare il mistero dei sogni. Il fatto è che, alzando gli occhi, turbatissimo, a riguardare il quadro sulla mensola del camino, io vidi, chiarissimamente vidi per un attimo gli occhi della MADDALENA farsi vivi, sollevar le pàlpebre dalla lettura e gettarmi uno sguardo vivo, ridente di tenera diabolica malizia. Forse gli occhi sognati della moglie morta di quel signore, che per un attimo s'animarono in quelli dipinti dell'immagine.

Non potei più restare in casa. Non so come feci a vestirmi. Di tanto in tanto, con un raccapriccio che potete bene immaginarvi, mi voltavo a guardar di sfuggita quegli occhi. Li ritrovavo sempre abbassati e intenti alla lettura, come sono nel quadro; ma non ero più sicuro, ormai, che quando non li guardavo più non si ravvivassero alle mie spalle per guardarmi, ancora con quel brio di tenera diabolica malizia.

Mi precipitai nella bottega dell'antiquario, che è nei pressi della mia casa. Gli dissi che, se non potevo vendere il quadro a quel suo amico, potevo però cedergli in affitto la casa con tutto l'arredo, compreso il quadro, s'intende, a un prezzo convenientissimo.

- Anche da oggi stesso, se il suo amico vuole.

C'era, in quella mia proposta a bruciapelo, tale ansia e tanto affanno, che l'antiquario ne volle sapere il motivo. Il motivo, mi vergognai a dirglielo. Volli che m'accompagnasse lì per lì all'albergo dove quel suo amico alloggiava.

Potete figurarvi come restai, quando in una stanza di quell'albergo me lo vidi venire avanti, appena alzato dal letto, con quello stesso pigiama a righine bianche e blu con cui l'avevo visto in sogno e sorpreso, ombra, nella mia camera, nell'atto di levarsi per mettersi seduto sul divano tra i cuscini scomposti.

- Lei torna da casa mia - gli gridai, allibito - lei è stato questa notte a casa mia!

Lo vidi crollare su una sedia, atterrito, balbettando: oh Dio, sì, a casa mia, in sogno, c'era stato davvero, e sua moglie...

- Appunto, appunto, sua moglie è scesa dal quadro. Io l'ho sorpresa che vi rientrava. E lei, alla luce, m'è svanito là sul divano. Ma ammetterà ch'io non potevo sapere, quando l'ho sorpreso sul divano, che lei avesse un pigiama come questo che ha indosso. Dunque era proprio lei, in sogno, a casa mia; e sua moglie è proprio scesa dal quadro, come lei l'ha sognata. Si spieghi il fatto come vuole. L'incontro, forse, del mio sogno col suo. Io non so. Ma non posso più stare in quella casa, con lei che ci viene in sogno e sua moglie che m'apre e chiude gli occhi dal quadro. Il motivo che ho io d'averne paura, non può averlo lei, perché si tratta di se stesso e di sua moglie. Vada dunque a ripigliarsi la sua immagine rimasta a casa mia! Che fa adesso? Non vuole più? Sviene?

- Ma allucinazioni, signori miei, allucinazioni! - non rifiniva intanto d'esclamare l'antiquario.

Quanto son cari questi uomini sodi che, davanti a un fatto che non si spiega, trovano subito una parola che non dice nulla e in cui così facilmente s'acquetano.

- Allucinazioni.

C'E' QUALCUNO CHE RIDE

Serpeggia una voce in mezzo alla riunione:

- C'è qualcuno che ride.

Qua, là, dove la voce arriva, è come se si drizzi una vipera, o un grillo springhi, o sprazzi uno specchio a ferir gli occhi a tradimento.

Chi osa ridere?

Tutti si voltano di scatto a cercare in giro con occhi fulminanti.

(Il salone enorme, illuminato sopra la folla degli invitati dallo splendore di quattro grandi lampadarii di cristallo, rimane in alto, nella tetraggine della sua polverosa antichità, quasi spento e deserto; solo pare allarmata, da un capo all'altro della volta, la crosta del violento affresco secentesco che ha fatto tanto per soffocare e confondere in un nerume di notte perpetua le truculente frenesie della sua pittura; si direbbe non veda l'ora che ogni agitazione cessi anche in basso e il salone sia sgombrato.)

Qualche faccia lunga, forzata con pietoso stiracchiamento a un afflitto sorriso di compiacenza, forse, a guardar bene, si trova; ma nessuno che rida, propriamente. Ora, sorridere di compiacenza sarà lecito, sarà credo anzi doveroso, se è vero che la riunione - molto seria - vuole anche aver l'aria d'uno dei soliti trattenimenti cittadini in tempo di carnevale. C'è difatti sulla pedana coperta da un tappeto nero un'orchestrina di calvi inteschiti che suona senza fine ballabili, e coppie ballano per dare alla riunione un'apparenza di festa da ballo, all'invito e quasi al comando di fotografi chiamati apposta. Stridono però talmente il rosso, il celeste di certi abiti femminili ed è così ribrezzosa la gracilità di certe spalle e di certe braccia nude, che quasi quasi vien fatto di pensare quei ballerini non siano stati estratti di sotterra per l'occasione, giocattoli vivi d'altro tempo, conservati e ora ricaricati artificialmente per dar questo spettacolo. Si sente proprio il bisogno, dopo averli guardati, di attaccarsi a un che di solido e rude: ecco, per esempio, la nuca di questo vicino aggrondato che suda paonazzo e si fa vento con un fazzoletto bianchissimo; la fronte da idiota di quella vecchia signora. Strano intanto: sulla squallida tavola dei rinfreschi, i fiori non sono finti, e allora fa tanta malinconia pensare ai giardini da cui sono stati colti questa mattina sotto una pioggerella chiara che spruzzolava lieve pungente; e che peccato questa pallida rosa già disfatta che serba nelle foglie cadute un morente odore di carne incipriata.

Sperduto qua e là tra la folla, c'è anche qualche invitato in domino, che sembra un fratellone in cerca del funerale.

La verità è che tutti questi invitati non sanno la ragione dell'invito. E' sonato in città come l'appello a un'adunata. Ora, perplessi se convenga meglio appartarsi o mettersi in mostra (che non sarebbe neanche facile tra tanta folla) l'uno osserva l'altro, e chi si vede osservato nell'atto di tirarsi indietro o di cercare di farsi avanti, appassisce e resta lì; perché sono anche in sospetto l'uno dell'altro e la diffidenza nella ressa dà smanie che a stento riescono a contenere; occhiate alle spalle s'allungano oblique che, appena scoperte, si ritraggono come serpi.

- Oh guarda, sei qua anche tu?

- Eh, ci siamo tutti, mi pare.

Nessuno intanto osa chiedere perché, temendo di essere lui solo ad ignorarlo, il che sarebbe colpa nel caso che la riunione sia stata indetta per prendere una grave decisione. Senza farsene accorgere, alcuni cercano con gli occhi quei due o tre che si presume debbano essere in grado di saperlo; ma non li trovano; si saranno riuniti a consulto in qualche sala segreta, dove di tanto in tanto qualcuno è chiamato e accorre impallidendo e lasciando gli altri in un ansioso sbigottimento. Si cerca di desumere dalle qualità di chi è stato chiamato e dalla sua posizione e dalle sue aderenze che cosa di là possa essere in deliberazione, e non si riesce a comprenderlo perché, poco prima, è stato chiamato un altro di qualità opposte e d'aderenze affatto contrarie.

Nella costernazione generale per questo mistero, l'orgasmo va crescendo di punto in punto. Si sa un'inquietudine come fa presto a propagarsi e come una cosa, passando di bocca in bocca, si alteri fino a diventare un'altra. Arrivano così da un capo all'altro del salone tali enormità da far restare tramortiti. E dagli animi così tutti in fermento vapora e si diffonde come un incubo, nel quale, al suono angoscioso e spasimante di quell'orchestrina, tra il brusìo confuso che stordisce e i riverberi dei lumi negli specchi, i più strani fantasmi guizzano davanti agli occhi di ciascuno, e come un fumo che trabocchi in dense volute, dalle coscienze che covano in segreto il fuoco d'inconfessati rimorsi, apprensioni traboccano e paure e sospetti d'ogni genere; in tanti la smania istintiva di correr subito a un riparo ha i più impreveduti effetti: chi sbatte gli occhi di continuo, chi guarda un vicino senza vederlo e teneramente gli sorride, chi sbottona e riabbottona senza fine un bottone del panciotto. Meglio far vista di niente. Pensare a cose aliene. La Pasqua ch'è bassa quest'anno. Uno che si chiama Buongiorno. Ma che soffocazione intanto questa commedia con noi stessi.

Il fatto (se vero) che qualcuno ride non dovrebbe far tanta impressione, mi sembra, se tutti sono in quest'animo. Ma altro che impressione! Suscita un fierissimo sdegno, e proprio perché tutti sono in quest'animo: sdegno come per un'offesa personale, che si possa avere il coraggio di ridere apertamente. L'incubo grava così insopportabile su tutti, appunto perché a nessuno par lecito ridere. Se uno si mette a ridere e gli altri seguono l'esempio, se tutto quest'incubo frana d'improvviso in una risata generale, addio ogni cosa! Bisogna che in tanta incertezza e sospensione d'animi si creda e si senta che la riunione di questa sera è molto seria.

Ma c'è poi veramente questo qualcuno che seguita a ridere, nonostante la voce che serpeggia ormai da un pezzo in mezzo alla riunione? Chi è? Dov'è? Bisogna dargli la caccia, afferrarlo per il petto, sbatterlo al muro, e, tutti coi pugni protesi, domandargli perché ride e di chi ride. Pare che non sia uno solo. Ah sì, più d'uno? Dicono che sono almeno tre. Ma come, di concerto, o ciascuno per sé? Pare di concerto tutt'e tre. Ah sì? venuti dunque col deliberato proposito di ridere? Pare.

E' stata prima notata una ragazzona, vestita di bianco, tutta rossa in viso, prosperosa, un po' goffa, che si buttava via dalle risa in un angolo della sala di là. Non ci s'è fatto caso in principio, sia perché donna, sia per l'età. Ha solo urtato il suono inatteso della risata e alcuni si sono voltati come per una sconvenienza, diciamo pure impertinenza, tracotanza là, se si vuole, ma perdonabile, via: un riso da bambina, del resto subito troncato, vedendosi osservata. Scappata via da quell'angolo, curva, comprimendosi, con tutte e due le mani sulla bocca, ha fatto senso - questo sì - udirla ancora ridere di là, in un prorompimento convulso, forse a causa della compressione che fuggendo s'era imposta. Bambina? Ora si viene a sapere che ha, a dir poco, sedici anni, e due occhi che schizzano fiamme. Pare che vada fuggendo da una sala all'altra, come inseguita. Sì, sì, è inseguita difatti, è inseguita da un giovinotto molto bello, biondo come lei, che ride anche lui come un pazzo inseguendola; e di tratto in tratto si ferma sbalordito dall'improntitudine di lei che si ficca da per tutto; vorrebbe darsi un contegno ma non ci riesce; si volta di qua e di là come sentendosi chiamare, e certo si morde così le labbra per tenere a freno un impeto d'ilarità che gli gorgoglia dentro e gli fa sussultare lo stomaco. Ed ecco che ora hanno scoperto anche il terzo, un certo ometto elastico che va ballonzollando e battendo i due corti braccini sulla pancetta tonda e soda come due bacchette sul tamburo, la calvizie specchiante tra una rossa corona di capelli ricciuti e una faccia beata in cui il naso gli ride più della bocca, e gli occhi più della bocca e del naso, e gli ride il mento e gli ride la fronte, gli ridono perfino le orecchie. In marsina come tutti gli altri. Chi l'ha invitato? Come si sono introdotti nella riunione? Nessuno li conosce. Nemmeno io. Ma so che è lui il padre di quei due ragazzi, signore agiato che vive in campagna con la figlia, mentre il figlio è agli studii qua in città. Saranno capitati a questa finta festa da ballo per combinazione. Chi sa che cosa, venendo, si saran detta tra loro, che intese e scherzi segreti si saran tra loro da tempo stabiliti, burle note soltanto a loro, polveri in serbo, colorate, da fuochi d'artificio, pronte a esplodere a un minimo incentivo, sia pure d'uno sguardo di sfuggita: fatto si è che non possono stare insieme: si cercano però con gli occhi da lontano e, appena si sbirciano, voltano la faccia e sotto le mani sbruffano certe risate che sono veramente scandalose in mezzo a tanta serietà.

L'ossessione di questa serietà è così su tutti incombente e soffocante, che nessuno riesce a supporre che quei tre ne possano esser fuori, lontani, e possano avere in sé invece una innocente e magari sciocca ragione di ridere così di nulla; la ragazza, per esempio, solo perché ha sedici anni e perché è abituata a vivere come una puledra in mezzo a un prato fiorito, una puledra che imbizzarrisca a ogni alito d'aria e salti e corra felice, non sa lei stessa di che: si può giurare che non s'accorge di nulla, che non ha il minimo sospetto dello scandalo che sta sollevando insieme col padre e col fratello così anch'essi festanti, alieni e lontani d'ogni sospetto.

Sicché quando, riuniti alla fine tutt'e tre su di un divano della sala di là, il padre in mezzo tra il figlio e la figlia, contenti e spossati, con un gran desiderio di abbracciarsi per il divertimento che si son presi, sgorgato dalla loro stessa gioja in tutte quelle belle risate come in un fragorìo d'effimere spume, si vedono venire incontro dalle tre grandi porte vetrate, come una nera marea sotto un cielo d'improvviso incavernato, tutta la folla degli invitati, lentamente, lentamente, con melodrammatico passo di tenebrosa congiura, dapprima non capiscono nulla, non credono che quella buffa manovra possa esser fatta per loro e si scambiano un'occhiata, ancora un po' sorridenti; il sorriso però va man mano smorendo in un crescente sbalordimento, finché, non potendo né fuggire e nemmeno indietreggiare, addossati come sono alla spalliera del divano, non più sbalorditi ma atterriti ora, levano istintivamente le mani come a parar la folla che, seguitando a procedere, s'è fatta loro sopra, terribile. I tre maggiorenti, quelli che, proprio per loro e non per altro, s'erano riuniti a consulto in una sala segreta, proprio per la voce che serpeggiava del loro riso inammissibile a cui han deliberato di dare una punizione solenne e memorabile, ecco, sono entrati dalla porta di mezzo e sono avanti a tutti, coi cappucci del domino abbassati fin sul mento e burlescamente ammanettati con tre tovaglioli, come rei da punire che vengano a implorare da loro pietà. Appena sono davanti al divano, una enorme sardonica risata di tutta la folla degli invitanti scoppia fracassante e rimbomba orribile più volte nella sala. Quel povero padre, sconvolto, annaspa tutto tremante, riesce a prendersi sotto braccio i due figli e, tutto ristretto in sé, coi brividi che gli spaccano le reni, senza poter nulla capire, se ne scappa, inseguito dal terrore che tutti gli abitanti della città siano improvvisamente impazziti.

VISITA

Cento volte gli avrò detto di non introdurmi gente in casa senza preavviso. Una signora, bella scusa:

- T'ha detto Wheil?

- Vàil, sissignore, così.

- La signora Wheil è morta jeri a Firenze.

- Dice che ha da ricordarle una cosa.

(Ora non so più se io abbia sognato o se sia davvero avvenuto questo scambio di parole tra me e il mio cameriere. Gente in casa senza preavviso me n'ha introdotta tanta; ma che ora m'abbia fatto entrare anche una morta non mi par credibile. Tanto più che in sogno io poi l'ho vista, la signora Wheil, ancora così giovane e bella. Dopo aver letto nel giornale, appena svegliato, la notizia della sua morte a Firenze, ricordo infatti d'aver ripreso a dormire, e l'ho vista in sogno tutta confusa e sorridente per la disperazione di non saper più come fare a ripararsi, avvolta com'era in una nuvola bianca di primavera che s'andava a mano a mano diradando fino a lasciar trasparire la rosea nudità di tutto il corpo di lei, e proprio là dove più il pudore voleva ch'esso rimanesse nascosto; tirava con la mano; ma come si fa a tirare un vano lembo di nuvola?)

Il mio studio è tra i giardini. Cinque grandi finestre, tre da una parte e due dall'altra; quelle, più larghe, ad arco; queste, a usciale, sul lago di sole d'un magnifico terrazzo a mezzogiorno; e a tutt'e cinque, un palpito continuo di tende azzurre di seta. Ma l'aria dentro è verde per il riflesso degli alberi che vi sorgono davanti.

Con la spalliera volta contro la finestra che sta nel mezzo è un gran divano di stoffa anch'essa verde ma chiara, marina; e tra tanto verde e tanto azzurro e tanta aria e tanta luce, abbandonarvisi, stavo per dire immergervisi, è veramente una delizia.

Ho ancora in mano, entrando, il giornale che reca la notizia della morte della signora Wheil, jeri, a Firenze. Non posso avere il minimo dubbio d'averla letta: è qua stampata; ma è anche qua seduta sul divano ad aspettarmi la bella signora Anna Wheil, proprio lei. Può darsi che non sia vera, questo sì. Non me ne stupirei affatto, avvezzo come sono da tempo a simili apparizioni. O se no, c'è poco da scegliere, sta tra due, non sarà vera la notizia della sua morte stampata in questo giornale.

E' qua vestita come tre anni fa d'un bianco abito estivo d'organdis, semplice e quasi infantile, sebbene ampiamente aperto sul petto. (Ecco la nuvola del sogno, ho capito). In capo, un gran cappello di paglia annodato da larghi nastri di seta nera. E tiene gli occhi un po' socchiusi a difesa dalla luce abbagliante dei due finestroni dirimpetto; ma poi, è strano, espone invece a questa luce, reclinando il capo indietro con intenzione, la meravigliosa dolcezza della gola, come le sorge dal caldo trasognato candore del petto e sù dall'attaccatura del collo fino al purissimo arco del mento.

Quest'atteggiamento senza dubbio voluto m'apre tutt'a un tratto la mente: ciò che la bella signora Anna Wheil ha da ricordarmi è tutto lì, nella dolcezza di quella gola, nel candore di quel petto; e tutto in un attimo solo, ma quando un attimo si fa eterno e abolisce ogni cosa, anche la morte, come la vita, in una sospensione d'ebbrezza divina, in cui dal mistero balzano d'improvviso illuminate e precise le cose essenziali, una volta per sempre.

La conosco appena (morta, dovrei dire: "la conoscevo appena", ma lei è qua ora come nell'assoluto d'un eterno presente, e posso dir dunque: la conosco appena), l'ho veduta una volta sola in una riunione festiva nel giardino d'una villa di comuni amici, a cui lei è venuta con quest'abito bianco d'organdis.

In quel giardino, quella mattina, le donne più giovani e più belle avevano quell'ardore sfavillante che nasce in ogni donna dalla gioja di sentirsi desiderata. S'eran lasciate prendere nel ballo e, sorridendo, ad accendere di più quel desiderio, avevan guardato sulle labbra così d'accosto l'uomo da sfidarlo irresistibilmente al bacio. Ma di primavera, momenti di rapimento, col tepore del primo sole che inebria, quando nell'aria molle è pure un vago fermento di sottili profumi e lo splendore del verde nuovo, che dilaga nei prati, brilla con vivacità così eccitante in tutti gli alberi intorno; strani fili di suono luminosi avviluppano; improvvisi scoppi di luce stordiscono; lampi di fughe, felici invasioni di vertigini; e la dolcezza della vita non par più vera, tanto è fatta di tutto e di niente; né vero più, né da tenerne più conto, ricordando poi nell'ombra, quando quel sole è spento, tutto ciò che s'è fatto e s'è detto. Sì, m'ha baciata. Sì, gliel'ho promesso. Ma un bacio appena sui capelli, ballando. Una promessa così per ridere. Dirò che non l'ho avvertito. Gli domanderò se non è matto a pretendere ch'io ora mantenga sul serio.

Si poteva esser certi che nulla di tutto questo era accaduto alla bella signora Anna Wheil, la cui piacenza sembrava a tutti così aliena e placida che nessuna bramosia carnale avrebbe osato sorgere davanti a lei. Io però avrei giurato che per quel rispetto che tutti le portavano lei avesse negli occhi un brillìo di riso ambiguo e pungente, non perché sentisse in segreto di non meritarselo, ma anzi al contrario perché nessuno mostrava di desiderarla come donna a causa di quel rispetto che pur le si doveva portare. Era forse invidia o gelosia, o forse sdegno o malinconica ironia; poteva anche essere tutte queste cose messe insieme.

Me ne potei accorgere in un momento, dopo averla seguita a lungo con gli occhi nei balli e nei giuochi a cui anche lei aveva preso parte; in ultimo anche nelle corse pazze che, forse per offrirsi uno sfogo, aveva fatte sui prati coi bambini. La padrona di casa, con cui mi trovavo, mi volle presentare a lei mentre era ancor china a rassettare le testoline scapigliate e le vesti in disordine a quei bambini. Nel rizzarsi d'improvviso per rispondere alla presentazione, la signora Anna Wheil non pensò di rassettarsi anche lei sul petto l'ampia scollatura di quel suo abito d'organdis; sicché io non potei fare a meno d'intravedere del suo seno forse più di quanto onestamente avrei dovuto. Fu solo un attimo. Subito portò la mano per ripararselo. Ma dal modo con cui, in quell'atto che volle parer furtivo, mi guardò, compresi che della mia involontaria e quasi inevitabile indiscrezione non s'era per nulla dispiaciuta. Quel brio di luce che aveva negli occhi sfavillò anzi diversamente da prima, sfavillò d'un estro quasi folle di riconoscenza, perché nei miei occhi rideva senz'alcun rispetto una gratitudine così pura di quel che avevo intravisto che ogni senso di concupiscenza restava escluso e solo si appalesava lampante il pregio supremo che io attribuivo alla gioja che l'amore d'una donna come lei, bella tutta come lei, coi tesori d'una divina nudità con così pudica fretta ricoperta, poteva dare a un uomo che avesse saputo meritarselo.

Questo le dissero chiaramente i miei occhi, splendenti ancora di quel baleno d'ammirazione; e questo fece subito che io diventassi per lei il solo Uomo, veramente uomo, tra tutti quelli che erano in quel giardino; nello stesso tempo che lei m'appariva tra tutte le altre la sola Donna, veramente donna. E non ci potemmo più separare per tutto il tempo che durò quella riunione. Ma oltre questa tacita intesa, durata un attimo, per sempre, non ci fu altro tra noi. Nessuno scambio di parole, fuori delle comuni e usuali, sulla bellezza di quel giardino, sulla giocondità di quella festa e la graziosa ospitalità dei nostri comuni amici. Ma, pur parlando così di cose aliene o casuali, le rimase negli occhi, felice, quel brillìo di riso che pareva rampollasse come un'acqua viva dal profondo segreto di quella nostra intesa e se ne beasse senza badare ai sassi e alle erbe tra cui ora scorreva. E un sasso fu anche il marito in cui c'imbattemmo poco dopo allo svoltare d'un viale.

Me lo presentò. Alzai un istante gli occhi a guardarla negli occhi. Un battito appena di ciglia velò quel brio di luce, e solo con esso la bella signora mi confidò che lui, quel bravo uomo del marito, non s'era mai neppur sognato di comprendere ciò che avevo compreso io in un attimo solo; e che questo non era da ridere, no; era anzi la sua mortale afflizione, perché una donna come lei certo non sarebbe stata mai d'altro uomo. Ma non importava. Bastava che uno almeno lo avesse compreso.

No, no, io non dovevo più, neppur senza volerlo, seguitando ora ad andare e a parlare noi due soli, non dovevo più posarle gli occhi sul seno e obbligar la sua mano ad accertarsi di furto ch'io non potessi più essere indiscreto; sarebbe stato ormai peccaminoso, per me insistere, e per lei tornare a compiacersene. C'eravamo già intesi. Doveva bastare. Non si trattava più di noi due; non era più da cercare né di sapere e neppur d'intravedere com'era lei, ch'era tutta bella, sì, come lei sola si conosceva; ci sarebbe stato allora da considerare tant'altre cose che riguardavano me: questa sopra tutto: che avrei dovuto avere per lei, a dir poco, vent'anni di meno: una gran malinconia di inutili rimpianti; no, no; una cosa bella, da riempirci della più pura gioja tra tanto splendore di sole e tanto riso di primavera, s'era rivelata a noi: questa cosa essenziale che è sulla terra, con tutto il nudo candore delle sue carni, in mezzo al verde d'un paradiso terrestre, il corpo della donna, concesso da Dio all'uomo come premio supremo di tutte le sue pene, di tutte le sue ansie, di tutte le sue fatiche.

- Se dovessimo pensare a te e a me...

Mi voltai. Come! Mi dava del tu? Ma la bella signora Anna Wheil era sparita.

Me la ritrovo ora qua accanto, in quest'aria verde, in questa luce del mio studio, vestita come tre anni fa del suo abito bianco d'organdis.

- Il mio seno, se sapessi! Ne sono morta. Me lo hanno reciso. Un male atroce ne fece scempio due volte. La prima, un anno appena dopo che tu, di qua, ricordi? me lo intravedesti. Ora posso allargare con tutt'e due le mani la scollatura e mostrartelo tutto, com'era, guardalo! guardalo! ora che non sono più.

Guardo; ma sul divano è solo il bianco del giornale aperto.

VITTORIA DELLE FORMICHE

Una cosa per sè forse ridicola ma, agli effetti, terribile: una casa invasa tutta dalle formiche. E questo pensiero folle: che il vento si fosse alleato con esse. Il vento con le formiche. Alleato, con quella sconsideratezza che gli è propria, da non potersi nell'impeto fermare neppure un minuto per riflettere a quello che fa. Detto fatto, a raffica, s'era levato giusto sul punto che lui prendeva la decisione di dar fuoco al formicajo davanti la porta. E detto fatto, la casa, tutta in fiamme. Come se per liberarla dalle formiche lui non avesse trovato altro espediente che il fuoco: incendiarla.

Ma prima di venire a questo punto decisivo sarà bene ricordarsi di molte cose precedenti che possono spiegare in qualche modo sia come le formiche avevano potuto invadere fino a tanto la casa e sia come poté nascere a lui il pensiero stravagante di quest'alleanza tra le formiche e il vento.

Ridotto alla fame, da agiato come il padre l'aveva lasciato morendo, abbandonato dalla moglie e dai figli che s'erano acconciati a vivere per conto loro alla meglio, liberati alla fine dalle sue soperchierie che si potevano qualificare in tanti modi, ma sopra tutto incongruenti; lui che al contrario si credeva loro vittima per troppa remissione e non corrisposto mai da nessuno di loro nei suoi gusti pacifici e nelle sue vedute giudiziose; viveva solo, in un palmo di terra che gli era restato di tutti i beni che prima possedeva, case e poderi; un palmo di terra bonificata, sotto il paese, sul ciglio della vallata, con una catapecchia di appena tre stanze, dove prima abitava il contadino che aveva in affitto la terra. Ora ci abitava lui, il signore ridotto peggio del più miserabile contadino; vestito ancora d'un abito da signore che addosso a lui appariva orribilmente più strappato e unto che addosso a un mendicante che l'avesse avuto in elemosina. Pur tuttavia quella sua signorile spaventosa miseria pareva a volte quasi allegra, come certe toppe di colore che i poveri portano sui loro abiti e quasi fanno loro da bandiera. Nella lunga faccia smorta, negli occhi pesti ma vivi, aveva un che di gajo che s'accordava coi ricci svolazzanti del capo, mezzi grigi e mezzi rossi; e certi ilari guizzi negli occhi, subito spenti al pensiero che, scorti per caso da qualcuno, lo facessero creder pazzo. Capiva lui stesso ch'era molto facile che gli altri si facessero di lui un tal concetto. Ma era proprio contento di farsi ormai tutto da sé come piaceva a lui; e assaporava con gusto infinito quel poco e quasi niente che poteva offrirgli la povertà. Non aveva nemmeno tanto da accendere il fuoco tutti i giorni per cucinarsi una minestra di fave o di lenticchie. Gli sarebbe piaciuto, perché nessuno sapeva cucinarla meglio di lui, dosandovi con tanta arte il sale e il pepe e mescolandovi certe verdure appropriate che, durante la cottura, solo a odorarla la minestra inebriava; e poi, a mangiarla, un miele. Ma sapeva anche farne a meno. Gli bastava, la sera, uscir fuori a due passi dalla porta, cogliere nell'orto un pomodoro, una cipolla per companatico alla solida pagnotta che con meticolosa cura affettava con un coltellino e con due dita, pezzetto per pezzetto, si portava alla bocca come un boccone prelibato.

Aveva scoperto questa nuova ricchezza, nell'esperienza che può bastar così poco per vivere; e sani e senza pensieri; con tutto il mondo per sé, da che non si ha più casa né famiglia né cure né affari; sporchi, stracciati, sia pure, ma in pace; seduti, di notte, al lume delle stelle, sulla soglia d'una catapecchia; e se s'accosta un cane, anch'esso sperduto, farselo accucciare accanto e carezzarlo sulla testa: un uomo e un cane, soli sulla terra, sotto le stelle.

Ma senza pensieri, non era vero. Buttato poco dopo su un pagliericcio per terra come una bestia, invece di dormire si metteva a mangiare le unghie e, senza badarci, a strapparsi coi denti fino al sangue le pipite delle dita, che poi gli bruciavano gonfie e suppurate per parecchi giorni. Ruminava tutto ciò che avrebbe dovuto fare e che non aveva fatto per salvare i suoi beni; e si torceva dalla rabbia o mugolava per il rimorso, come se la sua rovina fosse accaduta jeri, come se jeri avesse finto di non accorgersi che sarebbe accaduta tra poco e che ormai non era più rimediabile. Non ci poteva credere! Uno dopo l'altro s'era lasciati portar via dagli usuraj i poderi, e una dopo l'altra le case, per poter disporre d'un po' di danaro di nascosto dalla moglie, per pagarsi qualche piccola passeggera distrazione (veramente, non piccola né passeggera; era inutile che cercasse adesso attenuazioni; doveva rotondamente confessarsi che aveva vissuto di nascosto per anni come un vero porco, ecco, così doveva dire: come un vero porco; donne, vino, giuoco) e gli era bastato che la moglie non si fosse ancora accorta di nulla, per seguitare a vivere come se neppur lui sapesse nulla della rovina imminente; e sfogava intanto le bili e le smanie segrete sul figlio innocente che studiava il latino. Sissignori. Incredibile: s'era messo a ristudiare il latino anche lui, per sorvegliare e ajutare il figlio; come se non avesse altro da fare e fosse davvero un'attenzione e una cura, questa sua, che potesse compensare il disastro che intanto preparava a tutta la famiglia. Questo disastro, per la sua segreta esasperazione, era lo stesso di quello a cui andava incontro il figlio se non riusciva a comprendere il valore dell'ablativo assoluto o della forma avversativa; e s'accaniva a spiegarglielo, e tutta la casa tremava dalle sue grida e dalle sue furie per l'imbalordimento di quel povero ragazzo, che piano piano forse lo avrebbe alla fine compreso da sé. Con che occhi lo aveva guardato una volta, dopo uno schiaffo! Nell'impeto del rimorso, ripensando a quello sguardo del suo ragazzo, si sgraffiava ora la faccia con le dita artigliate e s'ingiuriava: porco, porco, bruto: prendersela così con un innocente!

Lasciava il pagliericcio; rinunziava a dormire; tornava a sedere sulla soglia della catapecchia; e lì il silenzio smemorato della campagna immersa nella notte, a poco a poco, lo placava. Il silenzio, non che turbato, pareva accresciuto dal remoto scampanellìo dei grilli che veniva dal fondo della grande vallata. Era già nella campagna la malinconia della stagione declinante; e lui amava le prime giornate umide velate, quando cominciano a cadere quelle pioggerelle leggere, che gli davano, chi sa perché, una vaga nostalgia dell'infanzia lontana, quelle prime sensazioni meste e pur dolci che fanno affezionare alla terra, al suo odore. La commozione gli gonfiava il petto; l'angoscia gli serrava la gola, e si metteva a piangere. Era destino che lui dovesse finire in campagna. Ma non s'aspettava così veramente.

Non avendo né la forza né i mezzi di coltivare da sé quel po' di terra, che fruttava appena tanto da pagar la tassa fondiaria di cui era gravata, l'aveva ceduta al contadino che aveva in affitto il podere accanto, a condizione che pagasse lui quella tassa e che gli desse soltanto da mangiare: poco, quasi per elemosina, di quel che produceva la terra stessa: pane e verdura, e da farsi, se gli andava, una minestra ogni tanto.

Stabilito quest'accordo, aveva preso a considerare tutto quello che si vedeva attorno, mandorli, olivi, grano, ortaglie, come cose che non appartenessero più a lui. Sua era soltanto la catapecchia; ma se si metteva a guardarla come la sua unica proprietà, non poteva fare a meno di sorriderne col più amaro dileggio. Già l'avevano invasa le formiche. Finora s'era divertito a vederle scorrere in processioni infinite su per le pareti delle stanze. Erano tante e tante, che a volte pareva che le pareti tremolassero tutte. Ma più gli piaceva vederle andare in tutti i sensi da padrone sui buffi mobili signorili di quella ch'era stata un tempo la sua casa in città, relitti del naufragio della sua famiglia, ammassati lì alla rinfusa e tutti con un dito di polvere sopra. Nell'ozio, per distrarsi, s'era messo anche a studiarle, quelle formiche, per ore e ore.

Erano formiche piccolissime e della più lieve esilità, fievoli e rosee, che un soffio ne poteva portar via più di cento; ma subito cento altre ne sopravvenivano da tutte le parti; e il da fare che si davano; l'ordine nella fretta; queste squadre qua, quest'altre là; viavai senza requie; s'intoppavano, deviavano per un tratto, ma poi ritrovavano la strada, e certo s'intendevano e consultavano tra loro.

Non gli era parso ancora, però, forse per quella loro esilità e piccolezza, che potessero essere temibili, che volessero proprio impadronirsi della casa e di lui stesso e non lasciarlo più vivere. Pur le aveva trovate da per tutto, in tutti i cassetti; le aveva vedute venir fuori donde meno se le sarebbe aspettate; se l'era trovate anche in bocca talvolta, mangiando qualche pezzo di pane lasciato per un momento sulla tavola o altrove. L'idea che se ne dovesse seriamente difendere, che le dovesse seriamente combattere, non gli era ancora venuta. Gli venne tutt'a un tratto una mattina, forse per l'animo in cui era, dopo una nottataccia più nera delle altre.

S'era levata la giacca per portar dentro la catapecchia alcuni covoni, una ventina, che dopo la mietitura il contadino non aveva ancora trasportato nel suo podere di là e aveva lasciato qua all'aperto. Il cielo, durante la notte, s'era incavernato, e la pioggia pareva imminente. Abituato a non far mai nulla, per quella fatica insolita e per quella sciocca previdenza, che poi del resto non spettava neanche a lui perché quei covoni di grano appartenevano come tutto il resto al contadino, s'era tanto stancato, che quando fu per trovar posto dentro la catapecchia, già tutta stipata, all'ultimo covone, non ne poté più, lasciò quel covone davanti la porta, e sedette per riposarsi un po'.

A capo chino, con le braccia appoggiate alle gambe discoste, lasciò penzolare tra esse le mani. E ad un certo punto ecco che si vide uscire dalle maniche della camicia su quelle mani penzoloni le formiche, le formiche che dunque sotto la camicia gli passeggiavano sul corpo come a casa loro. Ah, perciò forse la notte lui non poteva più dormire e tutti i pensieri e i rimorsi lo riassalivano. S'infuriò e decise lì per lì di sterminarle. Il formicajo era a due passi dalla porta. Dargli fuoco.

Come non pensò al vento? Oh bella. Non ci pensò perché il vento non c'era, non c'era. L'aria era immota; in attesa della pioggia che pendeva sulla campagna, in quel silenzio sospeso che precede la caduta delle prime grosse gocce. Non crollava foglia. La raffica si levò d'improvviso a tradimento, appena lui accese il fascetto di paglia raccolta per terra; lo teneva in mano come una torcia; nell'abbassarlo per dar fuoco al formicajo, la raffica, investendolo, portò le faville a quel covone rimasto davanti la porta, e subito il covone avvampando appiccò il fuoco agli altri covoni riparati dentro la casa, dove l'incendio d'un tratto divampò crepitando e riempiendo tutto di fumo. Come un pazzo, urlando con le braccia levate, lui si cacciò dentro alla fornace, forse sperando di spegnerla.

Quando dalla gente accorsa fu tratto fuori, fu uno spavento vederlo tutto orribilmente arso e non ancor morto, anzi furiosamente esaltato, annaspante con le braccia, le fiamme addosso, sugli abiti e nei ricci svolazzanti sul capo. Morì poche ore dopo all'ospedale, dove fu trasportato. Nel delirio, sparlava del vento, del vento e delle formiche.

- Alleanza... alleanza...

Ma già lo sapevano pazzo. E quella sua fine, sì, fu commiserata, ma pur con un certo sorriso sulle labbra.

QUANDO S'E' CAPITO IL GIUOCO

Tutte le fortune a Memmo Viola!

E se le meritava davvero quel buon Memmone, che cacciava le mosche allo stesso modo con cui guardava la moglie, cioè con l'aria di dire:

- Ma perché v'ostinate, santo Dio, a molestarmi così? Non sapete già, che non riuscirete mai a farmi stizzire? E dunque sciò, care; sciò...

Le mosche, la moglie, tutte le noje piccole e grandi della vita, le ingiustizie della sorte, le malignità degli uomini, le stesse sofferenze corporali, non avrebbero potuto mai alterare la sua stanca placidità, né scuoterlo da quella specie di perpetuo letargo filosofico, che gli stava nei grossi occhi verdastri e gli ansimava nel nasone tra i peli dei baffi arruffati e quelli che gli uscivano a cespugli dalle narici.

Perché Memmo Viola diceva di aver capito il giuoco. E quando uno ha capito il giuoco...

Invulnerabile al dolore, però, impenetrabile anche alla gioja. E questo era un vero peccato, perché Memmo Viola era quel che suol dirsi un beniamino della fortuna.

Forse però il giuoco, ch'egli diceva d'aver capito, era questo, che la fortuna lo favoriva tanto, appunto perché egli era così, appunto perché sapeva che egli non le sarebbe corso mai dietro, neppure se essa gli avesse profferto, dopo due gambate, tutti i tesori del mondo, e che non si sarebbe rallegrato né punto né poco, neanche se fosse venuta da sé a portarglieli in casa.

Tutti i tesori del mondo, no; ma ecco che un giorno gli aveva proprio portato in casa la grossa eredità di chi sa qual vecchia zia, una vecchia zia sconosciuta, morta in Germania; per cui aveva potuto rinunziare all'impiego, che gli pesava tanto, sebbene, povero Memmo, come tutto il resto, da dieci anni lo sopportasse in santa pace. Poco tempo dopo, la moglie, stanca di vedersi guardata a quel modo e di non esser buona a farlo arrabbiare, per quante gliene facesse sotto gli occhi, di tutti i colori, gli aveva aperto, anzi spalancato la porta, e lo aveva spinto fuori, a vivere libero per conto suo, in un quartierino da scapolo; a patto, però, che egli lasciasse libera anche lei, allo stesso modo, e con un congruo assegno debitamente assicurato.

Sì? E quando mai Memmo Viola s'era sognato di porre un limite o un freno alla libertà della moglie? Ma ella voleva così? AMEN. E con tutti i libri di scienze fisiche e matematiche e di filosofia, e tutte le stoviglie di cucina, che rappresentavano le due più forti passioni della sua vita, era andato ad allogarsi in tre stanzette modeste. Dopo aver dato allo spirito il nutrimento più gradito, attendeva a preparar da sé, con le sue mani, anche il più gradito nutrimento al suo corpo: cuoco dilettante e dilettante filosofo.

Una vecchia serva veniva ogni mattina a fargli la spesa, gli apparecchiava la tavola, gli rigovernava la cucina, gli rifaceva il letto e la pulizia delle tre stanzette, e se ne andava.

Se non che, dopo appena due mesi di questa seconda fortuna, una mattina per tempissimo, ch'egli se ne stava ancora a letto a fare il sonnellino dell'oro, sua moglie venne a svegliarlo di soprassalto nel suo quartierino con una furiosa scampanellata e, investendolo come una bufera, lo trascinò afferrato per il petto, povero Memmo, così in camicia come si trovava e con le brache ancora in mano, verso un angolo della camera, dietro un paraventino coperto di mussola rasata color di rosa, ove s'immaginò dovesse star nascosto il lavabo e, versandogli lei stessa, per non perder tempo, l'acqua nel catino, lo costrinse a lavarsi e poi subito a vestirsi, subito subito, perché doveva uscire, doveva correre, precipitarsi in cerca di due amici.

- Ma perché?

- Làvati, ti dico!

- Ecco, mi lavo... Ma perché?

- Perché tu sei sfidato!

- Sfidato? io? Chi m'ha sfidato?

- Sfidato... non so bene: o sei sfidato o devi sfidare. Non so di queste cose... so che ho qua il biglietto di quel mascalzone. Làvati, vèstiti, spìcciati, ma non mi star davanti con codest'aria di mammalucco intronato!

Memmo Viola, venuto fuori dal paraventino con le mani bollicose di saponata, guardava veramente la moglie, se non come un mammalucco, certo come intronato. Non lo costernava tanto l'annunzio di quella sfida, quanto la grave agitazione della moglie, fuori di casa a quell'ora e in quel disordine d'abbigliamento.

- Abbi pazienza, Cristina mia... Dimmi almeno, mentre mi lavo, che cosa è accaduto...

- Che? - gli gridò la moglie, avventandoglisi di nuovo addosso, quasi con le mani in faccia. - Sono stata vigliaccamente, sanguinosamente insultata in casa mia, per causa tua... perché sono rimasta sola, senza difesa, capisci?... Insultata... oltraggiata... Mi hanno messo le mani addosso, capisci? a frugarmi, qua, in petto, capisci? Perché hanno sospettato ch'io fossi...

Non poté seguitare; si coprì furiosamente il volto con le mani e ruppe in un pianto stridulo, convulso, d'onta, di ribrezzo, di rabbia.

- Oh Dio, - fece Memmo. - Ma quando è stato? Chi ha potuto osare?

E allora la moglie, prima tra i singhiozzi e storcendosi le mani, poi di punto in punto rieccitandosi vieppiù, gli narrò che la sera avanti, mentr'era a cena, aveva sentito un gran fracasso alla porta, grida, risate, scampanellate, pugni, pedate. La serva, accorsa, era venuta a dirle che quattro signori mezzo ubriachi, cercavano d'una Spagnuola, di una certa PEPITA, e che non se ne volevano andare e s'erano buttati a sedere sconciamente nella saletta d'ingresso. Appena avevano veduto comparire lei, le erano saltati tutti e quattro addosso e chi pigliandola per il ganascino, chi cingendole con un braccio la vita, chi frugandole in petto, l'avevano pregata, scongiurata di conceder loro una visitina alla piccola PEPITA. Al suo divincolarsi, alle sue grida, ai suoi morsi, avevano risposto con risa e gesti sguajati, finché, a quel pandemonio, non erano accorsi dai piani di sopra e di sotto tanti vicini di casa. Scuse... chiarimenti... c'era un equivoco... mortificazione... Uno s'era finanche inginocchiato... Ma ella non aveva voluto sentir nulla; aveva preteso che le dessero conto e soddisfazione dell'oltraggio, e tanto aveva insistito, che alla fine uno dei quattro, che forse era stato il meno insolente, s'era veduto costretto a lasciare il suo biglietto da visita.

- Eccolo qua! A te, prendi! Sei ancora in maniche di camicia? Che aspetti? Non ti muovi?

Memmo Viola aveva già bell'e capito che quello non era né il caso né il momento di ragionare e, senza neppur dare uno sguardo di sfuggita al nome stampato in quel biglietto da visita, ritornò al lavabo dietro il paraventino.

- Che fai?

- Finisco di lavarmi.

- A chi pensi di rivolgerti? Non andare dal Venanzi, sai! Gigi Venanzi non accetta; puoi star sicuro che non accetta. Perderai il tempo inutilmente!

- Permetti? - disse Memmo, che aveva già riacquistato tutta la sua placidità. - Il tempo, cara, me lo fai perdere tu, adesso. Lasciami lavare, senza tirarmi a discutere. Non hai voluto saper d'equivoci. Scuse, non hai voluto accettarne. Hai voluto il duello: cioè, farmi dare una sciabolata. Bene, ti servo subito. Ma lascia ora che provveda io a garantire, come meglio posso, la mia pelle. Dici che Gigi Venanzi non accetterà? E come lo sai?

La moglie, un po' sconcertata alla domanda, abbassò gli occhi.

- Lo... lo suppongo...

- Ah, - fece Memmo, asciugandosi la faccia - lo supponiii... Vedrai che accetterà! Vuoi che si tiri indietro per me, giusto per me, quando presta a tutti i suoi uffici cavallereschi? Non passa un mese, perdio, che non si trovi in mezzo a due o tre duelli, padrino di professione! Ma sarebbe da ridere! Che direbbe la gente, che lo sa tanto amico mio, e tanto pratico di queste cose, se mi rivolgessi ad altri?

La moglie, brancicando la borsetta con le dita irrequiete, dopo essersi un tratto morsicchiato il labbro, scattò, levandosi in piedi.

- E io ti dico che non accetterà.

Memmo scoprì di tra lo sparato della camicia, nell'infilarsela, il faccione ridente e disse, fissando acutamente la moglie:

- Me ne deve dire la ragione... E non può! Dico, non può averne, via! Lasciami, lasciami vestire...

Vestito, domandò con un certo risolino timido:

- Scusa, hai visto per caso, entrando, se fuori della porta c'era il fiaschetto del latte?

S'aspettava un nuovo prorompimento d'ira a quella domanda, e insaccò il capo nelle spalle e levò le mani in atto di parare:

- Zitta, zitta... vado, corro...

E uscì insieme con la moglie, per recarsi in casa di Gigi Venanzi.

Lo trovò fortunatamente per istrada, a pochi passi dalla sua abitazione. Scorgendogli in viso un'improvvisa alterazione di rabbioso dispetto, Memmo Viola comprese che l'amico era uscito così presto di casa, perché si aspettava la sua visita. Gli si parò davanti, sorridendo e gli disse:

- Cristina mi manda da te. Andiamo sù. La cosa è grave.

Gigi Venanzi gli piantò in faccia gli occhi torbidi e gli domandò:

- Che c'è?

- Oh, non facciamo storie - esclamò Memmo. - Ti leggo in faccia che lo sai. Dunque non mi far parlare. Sono sfinito; casco a pezzi. E' venuta a svegliarmi come una furia nel meglio del sonno, e non m'ha dato neanche il tempo di prendere un po' di latte e caffè.

Appena risalito in casa, Gigi Venanzi si voltò come un cane idrofobo a Memmo e gli gridò:

- Ma lo sai chi è Miglioriti?

Memmo lo guardò balordamente:

- Miglioriti? No... Che c'entra Miglioriti? Ah... è forse... aspetta! Non l'ho neanche guardato.

Ficcò due dita nel taschino del panciotto e ne trasse, tutto gualcito, il biglietto da visita che gli aveva dato la moglie:

- Ah, già... Miglioriti - disse, leggendo. - ALDO MIGLIORITI DEI MARCHESI DI SAN FILIPPO. Il nome non m'arriva nuovo... Chi è?

- Chi è? - ripeté col sangue agli occhi Gigi Venanzi. - La prima lama tra i dilettanti di Roma!

- Ah, sì? - fece Memmo Viola. - Tira bene? Di spada?

- Di spada e di sciabola!

- Mi fa piacere. Ma è pure un gran mascalzone, va' là! Quello che ha fatto...

Gigi Venanzi gli saltò addosso quasi con la stessa furia, con cui poc'anzi gli era saltata addosso la moglie.

- Ma se ha domandato scusa! Ma se è stato un equivoco!

Memmo Viola, allora lo guardò, ammiccando con la coda dell'occhio, timido e furbo a un tempo, e domandò, quasi fuor fuori:

- C'eri?

Il volto di Gigi Venanzi si scompose, come in uno smarrimento di vertigine: - Come? dove? - balbettò.

Memmo Viola, come se nulla fosse, ritrasse sorridendo il suo amico dal precipizio, a cui con quella lieve, breve domanda s'era divertito a spingerlo, e riprese:

- Ah... già... sì... tu hai saputo. Era anche ubriaco, mezzo ubriaco, sì... Ma che vuoi farci? Caro mio, Cristina non vuole scuse! tanto ha detto, tanto ha fatto, che lo ha costretto a lasciare il suo biglietto da visita, in presenza di tanti testimoni. Ora bisogna che qualcuno lo raccolga, questo biglietto. Il marito sono io, e tocca a me. Ma da che ci siamo, ohè, Gigi, bisogna far le cose sul serio. L'oltraggio è stato grave, e gravi debbono essere le condizioni.

Gigi Venanzi lo guardò stordito; poi, in un nuovo impeto di rabbia gli gridò:

- Ma se tu non sai neanche tenere la spada in mano!

- Alla pistola, - disse Memmo placidamente.

- Ma che pistola d'Egitto! - si scrollò Gigi Venanzi. - Quello imbrocca un soldo incastrato in un albero a venti passi di distanza!

- Ah sì? - ripeté Memmo. - E allora, prima alla pistola, e poi alla spada. Me, vedrai che non m'imbrocca di certo.

Gigi Venanzi si mise ad andare sù e giù, sù e giù per la stanza; poi facendo animo risoluto:

- Senti, Memmo: io non posso accettare.

- Che? - fece subito Memmo, afferrandogli un braccio. - Non facciamo scherzi, Gigi, e non perdiamo tempo! Tu non puoi tirarti indietro, come non posso tirarmi indietro io. Tu farai la tua parte, com'io faccio la mia. Pensa al secondo testimonio, e sbrìgati.

- Ma vuoi che ti porti al macello? - gli gridò Gigi Venanzi al colmo dell'esasperazione.

- Uh, - sorrise Memmo. - Non esageriamo... Del resto, caro mio, tutte sciocchezze. Inutile parlarne! Cristina vuole lavato l'oltraggio, e non se n'esce. Perderei la libertà; e invece, con questa occasione, io me la voglio guadagnare intera. Vedrai che ci riuscirò. Va', va'; pensa a tutto, tu che te n'intendi. Io ti aspetto a casa. Sto leggendo un bel libro sai? su i Massimi Problemi. Tu non ci hai mai pensato; ma il problema dell'oltretomba è formidabile, Gigi! No, scusa, scusa... perché... senti questo: l'Essere, caro mio, per uscire dalla sua astrazione e determinarsi ha bisogno dell'Accadere. E che vuol dire questo? dammi una sigaretta. Vuol dire che... - grazie - vuol dire che l'Accadere, poiché l'Essere è eterno, sarà eterno anch'esso. Ora un accadere eterno, cioè senza fine, vuol dire anche senza UN fine, capisci? un accadere che non conclude, dunque, che non può concludere, che non concluderà mai nulla. E' una bella consolazione. Dammi un fiammifero. Tutti i dolori, tutte le fatiche, tutte le lotte, le imprese, le scoperte, le invenzioni...

- Sai? - disse Gigi Venanzi, che non aveva udito nulla di tutta quella tiritera. - Forse Nino Spiga...

- Ma sì, Nino Spiga o un altro, prendi chi ti pare, - gli rispose Memmo. - E per il medico, sceglilo tu, caro, di tua fiducia. Oh, se hai bisogno... E accennò di prendere il portafogli. Gigi Venanzi gli arrestò la mano.

- Poi... poi...

- Perché ho sentito dire, - conclude Memmo - che per farsi bucare con tutte le regole cavalleresche ci vogliono dei bei quattrini. Basta, poi mi farai il conto. Addio, eh? Mi trovi in casa.

Lo trovò in casa, difatti, Gigi Venanzi, quella sera, ma sotto un aspetto che non si sarebbe mai immaginato.

Memmo Viola litigava con la vecchia serva a cui mancavano tre soldi nel conto della spesa. E le diceva:

- Cara mia, se tu mi metti nel conto: RUBATI, SOLDI 8, O SOLDI 10, io tiro pacificamente la somma, e non ne parlo più. Ma questi tre soldi, così, non te l'abbono. Vorrei sapere che gusto ci provi, tentare di pigliare in giro uno come me, che ha capito così bene il giuoco... Parlo bene, Gigi?

Costernatissimo, esasperato, stanco morto, Gigi Venanzi stava a mirarlo con tanto d'occhi. La calma di quell'uomo, alla vigilia di battersi alla spada, nientemeno che con Aldo Miglioriti, era stupefacente. E il suo stupore crebbe, quando, enunciategli le condizioni gravissime del duello, volute e imposte anche dal Miglioriti, vide che quella calma non s'alterava per niente.

- Hai capito? - gli domandò.

- Eh, - fece Memmo. - Come no? Domattina alle sette. Ho capito. Va benissimo.

- Io sarò qui, bada, alle sei e un quarto. Basterà, - avvertì il Venanzi. - Con l'automobile si farà presto. Ho preso per medico Nofri. Non andar tardi a letto, e procura di dormire, eh?

- Sta' tranquillo, - disse Memmo. - Dormirò.

E tenne la parola. Alle sei e un quarto, quando venne Gigi Venanzi a bussare alla porta, dormiva ancora profondissimamente. Venanzi bussò, due, tre, quattro volte; alla fine Memmo Viola, nelle stesse condizioni in cui la mattina avanti era andato ad aprire alla moglie, cioè in camicia e con le brache in mano, venne ad aprire all'amico.

Venanzi, a quell'apparizione, restò di sasso.

- Ancora così?

Memmo finse una grande meraviglia.

- E perché? - gli domandò.

- Ma come? - inveì Gigi Venanzi. - Tu ti devi battere! Ci sono giù Spiga e Nofri... Che scherzo è questo?

- Scherzo? Mi devo battere? - rispose placidissimamente Memmo Viola. - Ma scherzerai tu, caro! Io ti ho detto che a me tocca di far la parte mia, e a te la tua. Sono il marito e ho sfidato; ma quanto a battermi, abbi pazienza, non tocca più a me, caro Gigi, da un pezzo: tocca a te... Siamo giusti!

Gigi Venanzi si sentì sprofondare la terra sotto i piedi, seccare il sangue nelle vene; vide giallo, vide rosso; afferrò Memmo per il petto, gli scagliò, gli sputò in faccia le ingiurie più sanguinose; Memmo lo lasciò fare, ridendo. Solo, a un certo punto, gli disse:

- Bada, Gigi, che non fai più a tempo, se devi trovarti sul terreno alle sette. Ti conviene esser puntuale.

Dall'alto della scala, poi, reggendosi ancora le brache con la mano, gli augurò:

- In bocca al lupo, caro, in bocca al lupo!

PADRON DIO

Tanti anni fa, a un pittore non si sa donde venuto, egli che viveva da selvaggio sù per le spalle dei monti, guardiano di mandrie, si era prestato a far da modello per una pala d'altare, di cui quegli preparava i cartoni e altri studii preliminari.

Che parte fosse destinato a rappresentare in quel quadro sacro, non si era neppur curato di sapere: si era lasciato vestire di strana foggia e atteggiar d'un gesto violento, con una verga in mano. Ma, poco dopo, consacrata la chiesa nuova, e accorso egli con tutto il popolo alla prima funzione, vedendosi nella pala effigiato in uno dei giudici che colpivan Gesù legato alla colonna, s'era messo a gridar furibondo e a piangere e a strapparsi i capelli, pestando i piedi per terra:

- Levatemi di lì! Son cristiano!

Tratto fuori fra la confusione generale (risa di quelli che lo avevano ravvisato nella pala e domande e supposizioni disparate degli altri che non se n'erano accorti), non si era calmato e non aveva smesso la minaccia di uccidere quel pittore insolente, finché dal vecchio mansionario della nuova chiesa non aveva ottenuto la promessa d'un ritocco alla immagine di quel giudeo per modo che ogni somiglianza con lui fosse cancellata. Non pertanto, il nomignolo di GIUDE' gli era rimasto; e ora, dopo tant'anni, chiamavasi Giudè lui stesso. Ma così il volto come la persona avevan perduto quell'espressione di dura fierezza per cui il pittore lo aveva scelto a rappresentar nella pala quella parte odiosa. Era vecchio ormai il Giudè e non più buono neppur da condurre al pascolo le mandrie: viveva di elemosina, senza mai chiederla, o meglio, chiedendola in un modo suo particolare. Spinto dalla fame, dopo aver vagato come un cane randagio per le pianure deserte, si appressava a una villa e al primo contadino in cui s'imbattesse diceva:

- Di' al tuo padrone che c'è l'esattore.

Tutti adesso intendevano e sorridevano, ma la prima volta che il Giudè usò questa frase per la sua questua dovè spiegarla. E la spiegò così: che noi tutti sulla terra siamo inquilini del Signore, il quale sarebbe per ciascuno allo stesso modo buon padrone di casa, se molti uomini non si fossero fatta della terra casa propria, senza volere intendere né riconoscere che essa dovrebbe invece esser casa comune. Debbono però questi tali ricordarsi che il Signore è pur padrone di un'altra casa, di là (e il Giudè aveva additato il cielo), della quale vuol che ciascuno paghi anticipata qui la pigione. I poveri la pagano coi patimenti quotidiani del freddo e della fame; basta ai ricchi, per pagarla, che facciano ogni tanto un po' di bene. Ecco dunque perché egli era pei ricchi l'esattore.

Ottenuta l'elemosina in natura, si allontanava; e, andando, riconosceva qua e là per la campagna gli alberi che avrebbero dovuto esser suoi: suoi, perché quell'ulivo, quel ciliegio, quel nespolo, quel melograno eran nati per lui che tant'anni addietro, passando, aveva scavato e buttato il seme alla terra; e la terra, ecco, gli aveva dato l'albero; lo aveva dato a lui... Perché la terra sa forse a chi appartenga?

Ed egli per quegli alberi aveva affetto paterno: gli parevano i più belli e i più rigogliosi di tutta la campagna; e si fermava ad ammirarli a lungo e scoteva il capo folto di capelli grigi, ricci, quasi ferruginei. I rami sovraccarichi lo invitavano a cogliere almeno un frutto, poiché tutti eran suoi (ah, essi lo sapevano bene!) - ecco, e glieli offrivano... Ma lui, no: non cedeva alla tentazione; sospirando abbassava la mano che già s'era levata.

Così, per le campagne altrui, viveva senza tetto.

Dormiva in un casale smantellato e abbandonato; si destava all'alba e si metteva a errar senza meta, per le solitudini immense e pur piene di tanta vita, in quel silenzio palpitante di foglie e d'ali, a ora a ora tentato dal trillo d'un uccello che s'allontanava.

Sdrajato per terra, s'immergeva in quel silenzio e guardava i fili d'erba che si movevano appena, di tanto in tanto, a un alito d'aura; guardava qualche lucertola che si beava del sole sopra una pietra, e le farfalle bianche che volitavan sicure in tanta pace.

O perché mai nascevano certe erbe? Non per gli uomini, certo, né per le bestie, che non ne mangiavano... Nascevano perché Dio le voleva e la terra le faceva, senza curarsi del dispiacere che recava agli uomini prepotenti, i quali credono d'aver dominio su lei; tanto è vero che, strappate, tornava a farle; e lì che nessuno le toccava, esse crescevano senza fine - come la terra le voleva...

- Dio ha voluto anche me, - il Giudè pensava - e intanto non ho un palmo di terra in cui mi possa stare, dicendo: è mio. Son come quest'erbacce, che nessuno vuole nel proprio campo. Solo dov'esse crescono indisturbate posso stare anch'io. Vuol dire che il padrone non c'è o non se ne cura.

Parecchie volte era stato colpito da questa idea. Conosceva certe terre abbandonate, per cui non passava mai anima viva, e nelle quali egli, dacché era vivo, cioè per tant'anni che non si ricordava il numero, aveva sempre veduto quell'erbacce; né mai alcuna traccia, anche lontana, di coltivazione; né mai alcun segno, anche antico, del dominio di qualcuno. Quelle terre adunque, da tempo almeno per lui immemorabile, appartenevano a se stesse, libere di produrre, non quel che gli uomini vogliono, ma quel che a loro piaceva.

- E se io - pensava il Giudè - da un lembo qui nel mezzo, che nessuno se n'accorga, strappo le male erbe, e vi butto un pugno di frumento, non mi darà questa terra un po' di grano? Lo darebbe a me come a chiunque... Il padrone, ammesso che ci sia, è chiaro che ha sempre rinunziato a trar da questo podere qualsiasi profitto. Non sarà lo stesso per lui se in un pezzetto qui in giro, invece di sterpi inutili, crescerà un po' di grano per me? Egli, queste terre le ha abbandonate, né io me le piglio: farò soltanto che un breve tratto di esse, almeno per una volta, invece di sterpi inutili produca grano... Del resto, chi è il padrone?

Vinto da questa idea, il Giudè nelle sue questue si mise d'allora in poi a chiedere, oltre al tozzo di pane consueto, una manatella di frumento.

- O che ha rincarato la pigione padron Dio, Giudè? - gli domandavano scherzando i fattori delle ville, a cui egli si presentava da esattore.

Il Giudè, sorridendo umilmente, si stringeva nelle spalle:

- Se volete...

E intanto che raccoglieva così da seminare, apparecchiava lì, nella solitudine, il terreno - oh, alla meglio, sprovvisto com'era degli arnesi necessari. Aveva soltanto un logoro marrello, tolto in prestito, col quale, zappettando, cavò prima via l'erbacce maligne; poi scavò, scavò quanto più a fondo gli permise la forza delle povere braccia sfibrate dagli stenti e dalla vecchiaja: e questo al terreno doveva bastare. Non al suo desiderio però, che gli faceva seguir con gli occhi invidiando l'opera degli aratri negli altri campi e i seminatori che gittavano il grano fiduciosi nel lavoro coscienziosamente fornito. Ah, egli non aveva nemmeno potuto incalcinare i semi, perché non involpassero: li aveva così, quasi alla ventura, consegnati alle zolle appena appena rimosse...

Vennero le prime acque, e il Giudè, udendo dal suo covo notturno scrosciar la pioggia, pensò che anche su quel suo lembo di terra in quel momento pioveva... Poi, con un gaudio che lo fece lagrimare, vide il grano sbullettare e poi dalla terra umida spuntar timide le prime pipite. Ah, ecco, ecco, la terra gli dava il grano! era suo! Poi guardò il cielo donde l'acqua benefica era caduta anche per lui, anche per quel suo primo tesoro; ma la vista del cielo lo sconsolò: avrebbe voluto vederlo così basso da chiudere e nascondere quel piccolo lembo coltivato, perché nessuno lo scoprisse, lì, tra quelle erbacce intorno.

E man mano le pipite sfronzarono, accestirono. E ormai il Giudè non sapeva staccarsi più da quel pezzetto di terra, nonostante il freddo acuto e le intemperie: quasi covava con gli occhi quel suo grano; e nel vedere l'aura avvivare di tremiti le tenere foglioline, tutta l'anima gli tremava.

Se non che, un giorno di quelli, non si sentì la forza di sbucare dal casale abbandonato in cui s'era fatto il covo.

Il sole era già alto, e il Giudè, seduto per terra, con le spalle al muro, le ginocchia abbracciate, guardava innanzi a sé, stordito ancora dai sogni della notte, e tremava tutto di freddo e i denti gli battevano.

Che era avvenuto? Dov'era il suo campicello? E i granaj dov'erano? tutti quei granaj pieni, con tanti e tanti misuratori allegri che davan via frumento, frumento, frumento, cantando e senza togliere con la rasiera il colmo dello stajo? E quella povera donna che era accorsa con un grembiale bucato, donde giù tutti i chicchi scorrevano così a sgorgo, che la grembiata si votava prima ch'ella raggiungesse la porta del granajo? Ah, la poverina tornava sempre indietro, daccapo, disperatamente, urtata, spinta tra la ressa degli altri poveri accorrenti senza fine, e mai nessun chicco le restava in grembo...

- Date via! date via! - incitava il Giudè i misuratori. - Così mi pago la pigione dell'altra casa del Signore, lassù...

E i granaj non si votavano mai: dalle finestre in alto, sopra i mucchi addossati alle pareti, il frumento sgorgava, veniva giù come cascata d'acqua, continuamente, frusciando. E ora, ecco, quel fruscìo continuo nel sogno gli era rimasto nelle orecchie... Ah, la febbre! egli aveva la febbre, e tremava di freddo.

Si levò in piedi a stento: vacillava... Si trascinò fuori del casale diruto per ritornare al campicello lontano, ma dopo un breve tratto di cammino s'accasciò, in un completo abbandonamento di membra.

Si ritrovò dopo alcuni giorni, stupito e sgomento, su un lettuccio d'ospedale, in un lungo camerone silenzioso.

- Ah, è segno che son morto, se mi hanno accolto qui - pensò il Giudè.

La testa gli pesava come se fosse di piombo, e non aveva forza neanche d'aprir le pàlpebre. Quel filo d'anima che gli restava si rincantucciò sotto la superstiziosa paura che il luogo gl'ispirava; ed egli abbandonò disajutato il vecchio corpo affranto e inerte alle cure dei medici e degli infermieri, senza neppur domandare che male avesse.

Con gli occhi chiusi, tutto rannicchiato quasi per schermirsi dai brividi incalzanti della febbre, spingeva il pensiero lontano lontano, al campicello suo; e lì, sovr'esso, a poco a poco s'addormentava. Attorno a lui, allora, sentiva e vedeva il grano già accestito mandar sù sù sù il gambo della spiga... ma troppo alto... non così, possibile? ogni gambo più alto d'un pioppo? Il

Giudè, smaniando, voleva impedir quel rigoglio dispettoso e inverosimile, ma non poteva: i gambi gli si allungavano da ogni lato, visibilmente, fino a quella altezza, l'uno dopo l'altro, e a poco a poco lo seppellivano. Ora, smaniando l'aria, il Giudè si rizzava, ma - o stupore! - anch'egli era più alto assai delle spighe... Si guardava attorno smarrito, poi guardava il cielo, ed ecco la luna, a portata della sua mano: alzava un braccio e la prendeva e con essa si metteva a falciare. Poi, tutt'a un tratto, il sogno crollava, e il Giudè si destava di soprassalto.

Vedeva allora in contrapposto venir sù gracile e pallido e rado il suo grano e i poveri gambi acquattati dalla pioggia o spezzati dal vento... E sospirava: - L'aratro! ci voleva l'aratro!... - Ché certo la terra da quel suo logoro marrello non si era neppur sentita vellicare...

Intanto i giorni passavano, ma non le febbri al Giudè. Aveva perduto la memoria del tempo, e non chiedeva nemmeno in che stagione si fosse, per paura che gli rispondessero: è finita l'estate.

Si provava a levare un po' il capo dal guanciale per guardar sopra gli altri letti l'ampia finestra in fondo al camerone: intravedeva appena il cielo limpido fiammante di sole. Ma forse era ancor primavera. - Chi sa però: - pensava il Giudè - qualcuno forse, passando di là, avrà scoperto tra le erbacce il grano, e l'avrà fatto suo... Ma se poi nessuno lo scopre, non è anche peggio? Quella grazia di Dio si perderà, aspettando invano sotto il sole la falce. E la terra avrà dato il grano inutilmente...

Come Dio volle però (e fu Dio, certo, dietro tante preghiere), il Giudè poté lasciar l'ospedale - uscir di prigione - guarito, sui primi del giugno.

Subito volò di lungo al suo campicello; scorse da lontano il biondeggiar del grano, ma a un tratto sentì mancarsi le gambe, cascarsi le braccia... Tutt'intorno alla messe quasi miracolosa (tanto era alta e folta!) correva una siepe; a un canto sorgeva un pagliajo, e un cane, udendo tra le erbacce oltre la siepe fruscìo di passi, si mise a latrare.

Si affacciò alla siepe il contadino di guardia, con una mano a riparo degli occhi.

- Oh, benvenuto, Giudè! T'aspettavo... Dimmi che vuoi tu ora qui.

Il Giudè, affranto dalla corsa e dal cordoglio, si pose a sedere per terra, calandosi pian piano, appoggiato al lungo bastone.

- Non voglio nulla... - poi disse, rattenendo le lacrime. - Quieta il tuo cane. Sono venuto soltanto per vedere codesto miracolo: il grano che t'è nato solo, e così bello, da sé...

- E di chi era la terra, Giudè?

- Era di quest'erbacce qui, che non fanno pane... - rispose il povero vecchio. - Dillo, dillo al tuo padrone...

E rimase a lungo lì, per terra, a guardar quelle spighe alte e piene, che, mosse dal vento, tentennando, pareva lo commiserassero.

LA PROVA

Vi parrà strano che io ora stia per fare entrare un orso in chiesa. Vi prego di lasciarmi fare perché non sono propriamente io. Per quanto stravagante e spregiudicato mi possa riconoscere, so il rispetto che si deve portare a una chiesa e una simile idea non mi sarebbe mai venuta in mente. Ma è venuta a due giovani chierici del convento di Tovel, uno nativo di Tuenno e l'altro di Flavòn, andati in montagna a salutare i loro parenti prima di partire missionari in Cina.

Un orso, capirete, non entra in chiesa così, per entrarci; voglio dire, come se niente fosse. Vi entra per un vero e proprio miracolo, come l'immaginarono questi due giovani chierici. Certo, per crederci, bisognerebbe avere né più né meno della loro facile fede. Ma convengo che niente è più difficile ad avere che simili cose facili. Per cui, se voi non l'avete, potete anche non crederci; e potete anche ridere, volendo, di quest'orso che entra in chiesa perché Dio gli ha dato incarico di mettere alla prova il coraggio dei due novelli missionari prima della loro partenza per la Cina.

Ecco intanto l'orso davanti alla chiesa che solleva con la zampa il pesante coltrone di cuojo alla porta. E ora, un po' sperduto, ecco che s'introduce nell'ombra e tra le panche in doppia fila della navata di mezzo si china a spiare, e poi domanda con grazia alla prima beghina:

- Scusi, la sagrestia?

E' un orso che Dio ha voluto far degno di un Suo incarico, e non vuole sbagliare. Ma anche la beghina non vuole interrompere la sua preghiera, e, stizzita, più col cenno della mano che con la voce indica di là, senza alzare la testa né levar gli occhi. Così non sa d'aver risposto a un orso. Altrimenti, chi sa che strilli.

L'orso non se n'ha a male; va di là e domanda al sagrestano:

- Scusi, Dio?

Il sagrestano trasecola:

- Come, Dio?

E l'orso, stupito, apre le braccia:

- Non sta qui di casa?

Quello non sa ancor credere ai suoi occhi, tanto che esclama quasi in tono di domanda:

- Ma tu sei orso!

- Orso, già, come mi vedi; non mi sto mica dando per altro.

- Appunto, orso vuoi parlar con Dio?

Allora l'orso non può fare a meno di guardarlo con compassione:

- Dovresti invece meravigliarti che sto parlando con te. Dio, per tua norma, parla con le bestie meglio che con gli uomini. Ma ora dimmi se conosci due giovani chierici che partono domani missionari in Cina.

- Li conosco. Uno è di Tuenno e l'altro di Flavòn.

- Appunto. Sai che sono andati in montagna a salutare i loro parenti e che debbono rientrare in convento prima di sera?

- Lo so.

- E chi vuoi che m'abbia dato tutte queste informazioni se non Dio? Ora sappi che Dio vuol sottometterli a una prova e ne ha dato incarico a me e a un orsacchiotto amico mio (potrei dir figlio, ma non lo dico perché noi bestie non riconosciamo più per nostri figli i nostri nati pervenuti a una certa età). Non vorrei sbagliare. Desidererei una descrizione più precisa dei due chierici per non fare ad altri chierici innocenti una immeritata

paura.

La scena è qui rappresentata con una certa malizia che certo i due chierici, nell'immaginarla, non ci misero; ma che Dio parli con le bestie meglio che con gli uomini non mi pare che si possa mettere in dubbio, se si consideri che le bestie (quando però non siano in qualche rapporto con gli uomini) sono sempre sicure di quello che fanno, meglio che se lo sapessero; non perché sia bene, non perché sia male (ché queste son malinconie soltanto degli uomini) ma perché seguono obbedienti la loro natura, cioè il mezzo di cui Dio si serve per parlare con loro. Gli uomini all'incontro petulanti e presuntuosi, per voler troppo intendere pensando con la loro testa, alla fine non intendono più nulla; di nulla sono mai certi; e a questi diretti e precisi rapporti di Dio con le bestie restano del tutto estranei; dico di più, non li sospettano nemmeno.

Il fatto è che sul tramonto, tornandosene al convento, quando lasciarono il sentiero della montagna per prendere la via che conduce alla vallata, i due giovani chierici si videro questa via impedita da un orso e un orsacchiotto.

Era primavera avanzata; non più dunque il tempo che orsi e lupi scendono affamati dai monti. I due giovani chierici avevano camminato finora lieti in mezzo ai lavorati già alti che promettevano un abbondante raccolto e con la vista rallegrata dalla freschezza di tutto quel verde nuovo che, indorato dal sole declinante, dilagava con delizia nell'aperta vallata.

Impauriti, si fermarono. Erano, come devono essere i chierici, disarmati. Solo quello di Tuenno aveva un rozzo bastone raccattato per strada, discendendo dalla montagna. Inutile affrontare con esso le due bestie.

D'istinto, per prima cosa, si voltarono a guardare indietro in cerca d'aiuto o di scampo. Ma avevano lasciato poco più sù soltanto una ragazzina che con un frusto badava a tre porcellini.

La videro che s'era anch'essa voltata a guardare verso la vallata, ma senza il minimo segno di spavento cantava lassù, agitando mollemente quel suo frusto. Era chiaro che non vedeva i due orsi. I due orsi che pure erano lì bene in vista. Come non li vedeva?

Stupiti dell'indifferenza di quella ragazzina ebbero per un attimo il dubbio che, o quei due orsi fossero una loro allucinazione, o che lei già li conoscesse come orsi del luogo addomesticati e innocui; perché non era in alcun modo ammissibile che non li vedesse: quello più grosso, ritto là e fermo a guardia della strada, enorme controluce e tutto nero, e l'altro più piccolo che si veniva pian piano accostando dondolante su le corte zampe e che ora ecco si metteva a girare intorno al chierico di Flavòn e a mano a mano girando l'annusava da tutte le parti.

Il povero giovane aveva alzato le braccia come in segno di resa o per salvarsi le mani e, non sapendo che altro fare, se lo guardava girare attorno, con tutta l'anima sospesa. Poi, a un certo punto, lanciando uno sguardo di sfuggita al compagno, e vedendosi pallido in lui come in uno specchio, chi sa perché, si fece tutto rosso e gli sorrise. Fu il miracolo. Anche il compagno, senza saper perché, gli sorrise. E subito i due orsi, alla vista di quello scambio di sorrisi, come se a loro volta anch'essi si fossero scambiati un cenno, senz'altro tranquillamente se n'andarono verso il fondo della vallata.

La prova per essi era fatta e il loro còmpito assolto.

Ma i due chierici non avevano ancor capito nulla. Tanto vero che lì per lì, vedendo andar via così tranquillamente i due orsi, restarono per un buon tratto incerti a seguire con gli occhi quell'improvvisa e inattesa ritirata, e poiché essa per la naturale goffaggine delle due bestie non poteva non apparir loro ridicola, tornando a guardarsi tra loro, non trovarono da far di meglio che scaricare tutta la paura che s'erano presa in una lunga fragorosa risata. Cosa che certamente non avrebbero fatto, se avessero subito capito che quei due orsi erano mandati da Dio per mettere il loro coraggio alla prova e che perciò ridere di loro così sguajatamente era lo stesso che ridersi di Dio. Se mai una supposizione di questo genere fosse passata per la loro testa, piuttosto che a Dio per la paura che s'erano presa avrebbero pensato al diavolo che all'uno e all'altro aveva voluto farla mandando quei due orsi.

Capirono che invece era stato proprio Dio e non il diavolo allorché videro i due orsi voltarsi alla loro risata, fieramente irritati. Certo in quel momento i due orsi attesero che Dio, sdegnato da tanta incomprensione, comandasse loro di tornare indietro e punire i due sconsigliati, mangiandoseli.

Confesso che io, se fossi stato dio, un dio piccolo, avrei fatto così.

Ma Dio grande aveva già tutto compreso e perdonato. Quel primo sorriso, per quanto involontario, dei due giovani chierici, ma certo nato dalla vergogna di aver tanta paura, loro che, dovendo fare i missionari in Cina, s'erano imposti di non averne, quel primo sorriso era bastato a Dio, proprio perché nato così, inconsapevolmente, nella paura; e aveva perciò comandato ai due orsi di ritirarsi. Quanto alla seconda risata così sguajata era naturale che i due giovani credessero di rivolgerla al diavolo che aveva voluto far loro paura, e non a Lui che aveva voluto mettere il loro coraggio alla prova. E questo, perché nessuno meglio di Dio può sapere per continua esperienza che tante azioni, che agli uomini per il loro corto vedere pajono cattive, le fa proprio Lui, per i suoi alti fini segreti, e gli uomini invece credono scioccamente che sia il diavolo.

LA CASA DELL'AGONIA

Il visitatore, entrando, aveva detto certamente il suo nome; ma la vecchia negra sbilenca venuta ad aprire la porta come una scimmia col grembiule, o non aveva inteso o l'aveva dimenticato; sicché da tre quarti d'ora per tutta quella casa silenziosa lui era, senza più nome, "un signore che aspetta di là".

Di là, voleva dire nel salotto.

In casa, oltre quella negra che doveva essersi rintanata in cucina, non c'era nessuno; e il silenzio era tanto, che un tic-tac lento di antica pendola, forse nella sala da pranzo, s'udiva spiccato in tutte le altre stanze, come il battito del cuore della casa; e pareva che i mobili di ciascuna stanza, anche delle più remote, consunti ma ben curati, tutti un po' ridicoli perché d'una foggia ormai passata di moda, stessero ad ascoltarlo, rassicurati che nulla in quella casa sarebbe mai avvenuto e che essi perciò sarebbero rimasti sempre così, inutili, ad ammirarsi o a commiserarsi tra loro, o meglio anche a sonnecchiare.

Hanno una loro anima anche i mobili, specialmente i vecchi, che vien loro dai ricordi della casa dove sono stati per tanto tempo. Basta, per accorgersene, che un mobile nuovo sia introdotto tra essi.

Un mobile nuovo è ancora senz'anima, ma già, per il solo fatto ch'è stato scelto e comperato, con un desiderio ansioso d'averla.

Ebbene, osservare come subito i mobili vecchi lo guardano male: lo considerano quale un intruso pretenzioso che ancora non sa nulla e non può dir nulla; e chi sa che illusioni intanto si fa. Loro, i mobili vecchi, non se ne fanno più nessuna e sono perciò così tristi: sanno che col tempo i ricordi cominciano a svanire e che con essi anche la loro anima a poco a poco si affievolirà; per cui restano lì, scoloriti se di stoffa e, se di legno, incupiti, senza dir più nulla nemmeno loro.

Se mai per disgrazia qualche ricordo persiste e non è piacevole, corrono il rischio d'esser buttati via.

Quella vecchia poltrona, per esempio, prova un vero struggimento a vedere la polvere che le tarme fanno venir fuori in tanti mucchietti sul piano del tavolinetto che le sta davanti e a cui è molto affezionata. Lei sa d'esser troppo pesante; conosce la debolezza delle sue corte cianche, specialmente delle due di dietro; teme d'esser presa, non sia mai, per la spalliera e trascinata fuor di posto; con quel tavolinetto davanti si sente più sicura, riparata; e non vorrebbe che le tarme, facendogli fare una così cattiva figura con tutti quei buffi mucchietti di polvere sul piano, lo facessero anche prendere e buttare in soffitta.

Tutte queste osservazioni e considerazioni erano fatte dall'anonimo visitatore dimenticato nel salotto.

Quasi assorbito dal silenzio della casa, costui, come vi aveva già perduto il nome, così pareva vi avesse anche perduto la persona e fosse diventato anche lui uno di quei mobili in cui s'era tanto immedesimato, intento ad ascoltare il tic-tac lento della pendola che arrivava spiccato fin lì nel salotto attraverso l'uscio rimasto semichiuso.

Esiguo di corpo, spariva nella grande poltrona cupa di velluto viola sulla quale s'era messo a sedere. Spariva anche nell'abito che indossava. I braccini, le gambine si doveva quasi cercarglieli nelle maniche e nei calzoni. Era soltanto una testa calva, con due occhi aguzzi e due baffetti da topo.

Certo il padrone di casa non aveva più pensato all'invito che gli aveva fatto di venirlo a trovare; e già più volte l'ometto si era domandato se aveva ancora il diritto di star lì ad aspettarlo, trascorsa oltre ogni termine di comporto l'ora fissata nell'invito.

Ma lui non aspettava più adesso il padrone di casa. Se anzi questo fosse finalmente sopravvenuto, lui ne avrebbe provato dispiacere.

Lì confuso con la poltrona su cui sedeva, con una fissità spasimosa negli occhietti aguzzi e un'angoscia di punto in punto crescente che gli toglieva il respiro, lui aspettava un'altra cosa, terribile: un grido dalla strada: un grido che gli annunziasse la morte di qualcuno; la morte d'un viandante qualunque che al momento giusto, tra i tanti che andavano giù per la strada, uomini, donne, giovani, vecchi, ragazzi, di cui gli arrivava fin lassù confuso il brusìo, si trovasse a passare sotto la finestra di quel salotto al quinto piano.

E tutto questo, perché un grosso gatto bigio era entrato, senza nemmeno accorgersi di lui, nel salotto per l'uscio semichiuso, e d'un balzo era montato sul davanzale della finestra aperta.

Tra tutti gli animali il gatto è quello che fa meno rumore. Non poteva mancare in una casa piena di tanto silenzio.

Sul rettangolo d'azzurro della finestra spiccava un vaso di gerani rossi. L'azzurro, dapprima vivo e ardente, s'era a poco a poco soffuso di viola, come d'un fiato d'ombra appena che vi avesse soffiato da lontano la sera che ancora tardava a venire.

Le rondini, che vi volteggiavano a stormi, come impazzite da quell'ultima luce del giorno, lanciavano di tratto in tratto acutissimi gridi e s'assaettavano contro la finestra come volessero irrompere nel salotto, ma subito, arrivate al davanzale, sguizzavano via. Non tutte. Ora una, poi un'altra, ogni volta, si cacciavano sotto il davanzale, non si sapeva come, né perché.

Incuriosito, prima che quel gatto fosse entrato, lui s'era appressato alla finestra, aveva scostato un po' il vaso di gerani e s'era sporto a guardare per darsi una spiegazione: aveva scoperto così che una coppia di rondini aveva fatto il nido proprio sotto il davanzale di quella finestra.

Ora la cosa terribile era questa: che nessuno dei tanti che continuamente passavano per via, assorti nelle loro cure e nelle loro faccende, poteva andare a pensare a un nido appeso sotto il davanzale d'una finestra al quinto piano d'una delle tante case della via, e a un vaso di gerani esposto su quel davanzale, e a un gatto che dava la caccia alle due rondini di quel nido. E tanto meno poteva pensare alla gente che passava per via sotto la finestra il gatto che ora, tutto aggruppato dietro quel vaso di cui s'era fatto riparo, moveva appena la testa per seguire con gli occhi vani nel cielo il volo di quegli stormi di rondini che strillavano ebbre d'aria e di luce passando davanti la finestra, e ogni volta, al passaggio d'ogni stormo, agitava appena la punta della coda penzoloni, pronto a ghermire con le zampe unghiute la prima delle due rondini che avrebbe fatto per cacciarsi nel nido.

Lo sapeva lui, lui solo, che quel vaso di gerani, a un urto del gatto, sarebbe precipitato giù dalla finestra sulla testa di qualcuno; già il vaso s'era spostato due volte per le mosse impazienti del gatto; era ormai quasi all'orlo del davanzale; e lui non fiatava già più dall'angoscia e aveva tutto il cranio imperlato di grosse gocce di sudore. Gli era talmente insopportabile lo spasimo di quell'attesa, che gli era perfino passato per la mente il pensiero diabolico d'andar cheto e chinato, con un dito teso, alla finestra, a dar lui l'ultima spinta a quel vaso, senza più stare ad aspettare che lo facesse il gatto. Tanto, a un altro minimo urto, la cosa sarebbe certamente accaduta.

Non ci poteva far nulla.

Com'era stato ridotto da quel silenzio in quella casa, lui non era più nessuno. Lui era quel silenzio stesso, misurato dal tic-tac lento della pendola. Lui era quei mobili, testimoni muti e impassibili quassù della sciagura che sarebbe accaduta giù nella strada e che loro non avrebbero saputa. La sapeva lui, soltanto per combinazione. Non avrebbe più dovuto esser lì già da un pezzo. Poteva far conto che nel salotto non ci fosse più nessuno, e che fosse già vuota la poltrona su cui era come legato dal fascino di quella fatalità che pendeva sul capo d'un ignoto, lì sospesa sul davanzale di quella finestra.

Era inutile che a lui toccasse quella fatalità, la naturale combinazione di quel gatto, di quel vaso di gerani e di quel nido di rondini.

Quel vaso era lì proprio per stare esposto a quella finestra. Se lui l'avesse levato per impedir la disgrazia, l'avrebbe impedita oggi; domani la vecchia serva negra avrebbe rimesso il vaso al suo posto, sul davanzale: appunto perché il davanzale, per quel vaso, era il suo posto. E il gatto, cacciato via oggi, sarebbe ritornato domani a dar la caccia alle due rondini.

Era inevitabile.

Ecco, il vaso era stato spinto ancora più là; era già quasi un dito fuori dell'orlo del davanzale.

Lui non poté più reggere; se ne fuggì. Precipitandosi giù per le scale, ebbe in un baleno l'idea che sarebbe arrivato giusto in tempo a ricevere sul capo il vaso di gerani che proprio in quell'attimo cadeva dalla finestra.

IL BUON CUORE

Uh poi, vendere i figliuoli: come le piglia lei le cose! Non s'è voluto far danno a nessuno; anzi, il bene di tutti; e se la cosa poi è andata a finir così male, creda che la colpa è soltanto del buon cuore.

Del resto, i figliuoli, c'è anche il modo di comperarli legalmente. Quando non si possono avere, s'adòttano. Ma questo non era un modo per il marito e la moglie di cui vi parlo. L'adottare un figliuolo, a loro, non sarebbe servito a niente. Il figliuolo lo dovevano fare, fare carnalmente, per via d'una grossa eredità lasciata a questa condizione da una zia bisbetica: che se l'erede non fosse venuto entro i dieci anni, l'eredità sarebbe andata ai trovatelli d'un istituto detto degli Oblati. C'è di queste zie bisbetiche, agre zitellone, che si sentono venir male al pensiero di beneficare i parenti che conoscono; e assaporano in segreto il dispetto che faranno, mettendo nei loro testamenti le vendette distillate o le minacce e i batticuori di certe arzigogolate disposizioni.

Il nipote s'era accortamente premunito, scegliendosi una bella moglie prosperosa, che gli desse garanzia di molti figliuoli. Come, la garanzia? Eh, come! Ho capito che lei mi vorrebbe tirare a parlar sboccato. A occhio, s'intende; stimando quanto la sposa prometteva dal seno, dai fianchi, dai bei colori della salute e della gioventù.

Ma neanche a farlo apposta, quando si dice la disgrazia!

Il primo anno, ancora risero; il secondo meno; poi al terzo cominciarono a impensierirsi; e più al quarto, con sorde bili e segreti rancori; finché non proruppero, al quinto, nella sguajataggine di certi raffacci: ti vorrei far vedere per chi manca; ringrazia Dio che sono una donna onesta e certe prove non me le sogno nemmeno di fartele.

La donna, si sa, è sempre quella che parla di più. Cimentosa: tocca a te e non a me.

Tocca? che tocca?

Per quel che toccava a lui, sfidava a trovare una donna che avesse il coraggio di lamentarsi.

Lei non si lamentava.

E allora? Che altro voleva da lui? Per quel che lui ci doveva mettere, in cinque anni, non uno, ma un reggimento di figli avrebbe potuto fargli.

Figurarsi dunque la gioja, che dico la gioja, il tripudio quando la moglie, ammansita, una mattina, gli fece intendere che le pareva di aver motivo di credersi incinta. Chi sa perché, questa confidenza le donne la fanno sempre tenendo gli occhi bassi. Lui parve impazzito; corse a gridarlo in casa di tutti i parenti e amici e conoscenti; per miracolo non lo gridò per le strade e non mise le bandiere a tutte le finestre: il figlio! il figlio!

Se non che, tutt'a un tratto, quando la gravidanza già pareva perfino esagerata, non giunta ancora neanche al quinto mese, avvenne una cosa che potrei lasciare intendere, ma dire precisamente, no. Una di quelle disgrazie, o, a dir dei medici, fenomeni che, rari, ma pare sogliano avvenire. Avete insomma veduto quei bei palloni colorati che si comprano per i bambini nelle fiere, che a soffiar nel cannellino si gonfiano e poi, a levare il dito, si sgonfiano sonando? Così, ma senza suono. Insomma, il figlio, fatto d'aria, sfumò.

Immaginatevi quel poveretto dopo tanta allegrezza, la mortificazione di doverlo annunziare, la prima volta. La seconda almeno se la risparmiò, perché ebbe la prudenza di non far sapere a nessuno che la moglie credeva d'essere di nuovo incinta. La terza... Ecco, fu per pura combinazione, per uno di quei casi non cercati che vengono a proposito e si dicono mandati da Dio, benché a una che faccia professione di portare al mondo dei figliuoli accadano di frequente.

- Io? Osi venir da me, ragazza mia, per queste cose? E non sai che c'è la galera? Nascondi quanto vuoi, poi si viene a sapere, e chi ci andrebbe di mezzo, sarei io. No, no. E poi, peccato mortale. Non te lo credevi, eh, lo so; dite tutte così; ma è pure da aspettarselo, quando si fanno certe cose.

E ora vieni da me, perché io abbia pietà?

Era però, veramente, una di cui non si sarebbe detto che l'avesse fatto per vizio, e nemmeno sapendo il male che si faceva; una ragazzona di diciassett'anni, pastosa e vermiglia come una pesca, con certi occhi abbambolati, che ci s'era trovata senza sapere come, presa alla sprovvista mentre, sì, un po' per ridere, faceva all'amore, alla guerriera, e non capiva bene dove alla fine, nel calore dello scherzo, abbandonandosi, si può arrivare.

Ora, ecco, senza far male a nessuno, anzi, com'ho detto, facendo il bene di tutti, si combinò così: che lei, la ragazza, non doveva far saper niente a nessuno, nemmeno alla sua mamma; si sarebbe messa a servizio di una certa signora, la quale al contrario avrebbe fatto sapere a tutti che aspettava per la terza volta un bambino, e che questa volta sperava di portarlo a compimento, andando per consiglio del medico a maturarlo in campagna, all'aria sana; là nessuno le avrebbe vedute, ma con discrezione e senz'esagerare; anzi la signora, che pareva veramente incinta, si sarebbe, occorrendo, mostrata: in modo che la cosa venisse naturale. Sì, sono incinta, ma che c'entra? se c'è bisogno, eccomi qua; e anche lei, la servetta, fino a tanto che la grossezza non avesse dato nell'occhio, per quanto in campagna a queste cose non ci si bada; alla fine, al momento del parto, i gridi dell'una sarebbero parsi quelli dell'altra, e il bambino da un letto, appena nato, sarebbe passato all'altro, senza che lei nemmeno lo vedesse. Tanto, non lo voleva. L'avrebbe avuto l'altra che lo desiderava invece così ardentemente; e sarebbe stato ricco e felice, mentre con lei, se pure fosse arrivato a nascere, chissà che disgraziato sarebbe stato, senza padre, senza nome, senza stato, in un ospizio di trovatelli. E poter dare per giunta, una volta tanto, a questa professione di portare al mondo i figliuoli in certe tane di miseria, dove patiranno tutti gli stenti e anche la fame, la soddisfazione di far cangiare almeno a uno lo stato: invece di portarlo in un covo di spine, portarlo in un letto di rose.

Ma era andata anche meglio di così, perché il signore, non contento d'aver salvato dal disonore e fors'anche dal delitto la ragazza, le volle assegnare anche una dote di venticinque mila lire, che poi i maligni, quando si riseppe ogni cosa, dissero il prezzo del bambino, brutto spilorcio, usurajo profittatore; venticinque mila lire per un bambino che avrebbe invece salvato a lui una così grossa eredità; senza voler pensare che per quella ragazza, che non voleva esser madre, quel bambino non aveva altro prezzo che quello del peccato e del disonore; e che quella dote era pur bastata a richiamare il giovine che aveva rovinata la ragazza e a fargliela sposare. Giovani, e con la prova già fatta, se avessero voluti altri figliuoli, avrebbero potuto farne a piacer loro, senza tener più conto di quel primo, che davvero non era poi da compiangere, ricco e beato in una casa di signori.

Tutto, così, era andato liscio in porto: il matrimonio dei giovani, col pagamento della dote già fissato in un assegno da riscuotere subito dopo il parto; la gravidanza della signora che sembrò vera a tutti, e quella della ragazza di cui non riuscì ad accorgersi né a sospettar nessuno; ma che paura nera, specie negli ultimi mesi, a sentirsi, sotto certi occhi che le guardavano, come inghiottite dalla finzione che facevano, l'una d'essere incinta, e l'altra di non esserlo; lui, il signore, si faceva rivedere in città di tanto in tanto; riportava ai parenti e agli amici i progressi del nascituro, attecchito per davvero questa volta. Ma sì! figurarsi che già si moveva; gliel'aveva fatto tastar con la mano la moglie (ed era lei, invece, la moglie, che l'aveva tastato con la mano sul ventre della ragazza, esclamando con un tremore di gioja e di ribrezzo insieme: - Uh, sì, davvero, già tira i calcetti! tira i calcetti!), e poi la felice nascita del bambino, denunciata e iscritta sotto il nome dei finti genitori: e assicurata così in tempo la grossa eredità.

Fu il buon cuore. La colpa fu proprio soltanto del buon cuore, all'ultimo momento, allorché la signora, con tutto quel suo bel seno di cera, da tenere esposto tra i merletti in vetrina, si trovò senza una goccia di latte da dare al bambino affamato, mentre di là la ragazza spasimava col petto gonfio, da cui il latte sprizzava come da due fontanelle. Si perdettero proprio per questo: per quel latte che sprizzava e per quella boccuccia di bimbo che voleva succhiare.

Tant'è vero che avviene sempre così, che più d'ogni ingegno vale la forza della natura. Dovevano aver pronta una bàlia in città, e subito partire col bambino, senza nemmeno lasciarlo vedere alla ragazza; invece la signora si impietosì, pensò che nessun'altra, meglio della madre vera, avrebbe potuto allattare il bambino, e corse lei stessa ad attaccarglielo al petto. Tutto il male venne di qui. Combinarono che, ritornati in città, la ragazza avrebbe figurato da bàlia; tanto il marito già l'aveva con sé. Ma appunto, già col marito accanto, ch'era il padre vero del bambino, la madre, che per nove mesi l'aveva portato in sé e poi con tanto dolore partorito, ora che se lo serrava tra le braccia, attaccato al petto suo, carne sua, sangue suo, poteva più darlo a un'altra?

Sì, c'erano i patti, c'erano tutte le ragioni in contrario, tutti falsi che ora si sarebbero scoperti, l'eredità perduta, e la prigione, la prigione per tutti. Ebbene, la prigione, ma il figlio no; il figlio quella madre non lo poteva più dare a nessuno ora che se l'era attaccato al seno: era suo e non lo poteva più dare a nessuno.

Così furono tutti imprigionati, il signore, la signora, la levatrice, il giovine, la ragazza e per forza anche il bambino con lei. Tutti, sotto una diversa imputazione; e sotto più imputazioni, una più grave dell'altra, ciascuno; e alla fine, imprigionati per nulla, perché per le furie con cui la ragazza aveva difeso il bambino contro tutti e contro il suo stesso marito, il latte le si guastò e in carcere il bambino morì, e tutti rimasero come statue di sale in attesa della condanna, a mani vuote.

LA TARTARUGA

Parrà strano, ma anche in America c'è chi crede che le tartarughe portino fortuna. Da che sia nata una tale credenza, non si sa. E' certo però che loro, le tartarughe, non mostrano d'averne il minimo sospetto.

Mister Myshkow ha un amico che ne è convintissimo. Giuoca in borsa e ogni mattina, prima d'andare a giocare, mette la sua tartaruga davanti a uno scalino: se la tartaruga accenna di voler salire, è sicuro che i titoli che lui vuol giocare, saliranno; se ritira la testa e le zampe, resteranno fermi; se si volta e fa per andarsene, lui giuoca senz'altro al ribasso. E non ha mai sbagliato.

Detto questo, entra in un negozio dove si vendono tartarughe; ne compra una e la mette in mano a Mister Myshkow:

- Approfittàtene.

Mister Myshkow è molto sensibile: portandosi in casa la tartaruga (ih! ah!) freme in tutta l'elastica personcina pienotta e sanguigna per brividi, che son forse di piacere, ma anche di ribrezzo un po'. Non si cura se gli altri per via si voltino a guardarlo con quella tartaruga in mano; lui freme al pensiero che quella che pare una pietra inerte e fredda, non è una pietra no, è abitata dentro da una misteriosa bestiola che da un momento all'altro può cacciar fuori, sulla sua mano, quattro zampini biechi rasposi e una testina di vecchia monaca rugosa. Speriamo che non lo faccia. Forse Mister Myshkow la getterebbe a terra, raccapricciando da capo a piedi.

In casa, non si può dire che i suoi due figli, Helen e John, facciano una gran festa alla tartaruga, appena lui la posa come un ciottolo sul tappeto del salotto.

Non è credibile quanto vecchi appajano gli occhi dei due figli di Mister Myshkow a confronto con quelli bambinissimi del padre.

I due ragazzi, su quella tartaruga posata come un ciottolo sul tappeto, fanno cadere il peso insopportabile dei loro quattro occhi di piombo. Poi guardano il padre con una così ferma convinzione che non potrà dar loro una spiegazione plausibile della cosa inaudita che ha osato fare, posare una tartaruga sul tappeto del salotto, che il povero Mister Myshkow si sente subito appassire; apre le mani; apre le labbra a un sorriso vano e dice che, dopo tutto, quella non è altro che un'innocua tartaruga con cui, volendo, si può anche giocare.

Da quel brav'uomo ch'è sempre stato, un po' ragazzone, vuol darne la prova: si butta carponi sul tappeto e cautamente, con garbo, si prova a spinger di dietro la tartaruga per persuaderla così a cacciar fuori gli zampini e la testa e farla muovere. Ma sì, Dio mio, non foss'altro, per rendersi conto della bella gaja casa tutta vetri e specchi, dove lui l'ha portata. Non s'aspetta che suo figlio John trovi d'improvviso e senza tante cerimonie un più spiccio espediente per fare uscir la tartaruga da quello stato di pietra in cui s'ostina a restare. Con la punta del piede John la rovescia sulla scaglia, e subito allora si vede la bestiolina armeggiar con gli zampini e spinger col capo penosamente per tentar di rimettersi nella sua posizione naturale.

Helen, a quella vista, senza punto alterare i suoi occhi da vecchia, sghignazza come una carrucola di pozzo arrugginita per la caduta precipitosa d'un secchio impazzito.

Non c'è, come si vede, da parte dei ragazzi alcun rispetto della fortuna che le tartarughe sogliono portare. C'è al contrario la più lampante dimostrazione che tutti e due la sopporteranno solo a patto ch'essa si presti a esser considerata da loro come uno stupidissimo giocattolo da trattare così, con la punta del piede. Il che a Mister Myshkow dispiace moltissimo. Guarda la tartaruga, rimessa subito a posto da lui e ritornata al suo stato di pietra; guarda gli occhi dei suoi ragazzi, e avverte di colpo una misteriosa relazione che lo turba profondamente tra la vecchiaja di quegli occhi e la secolare inerzia di pietra di quella bestia sul tappeto. E' preso di sgomento per la sua inguaribile giovanilità, in un mondo che accusa con relazioni così lontane e inopinate la propria decrepitezza: lo sgomenta che lui, senza saperlo, sia forse rimasto ad aspettare qualcosa che non arriverà mai più, dato che ormai sulla terra i bambini nascono centenari come le tartarughe.

Torna ad aprire le labbra al suo vano sorriso, più smorto che mai, e non ha il coraggio di confessare per qual ragione il suo amico gli ha regalato quella tartaruga.

Ha una rara ignoranza di vita Mister Myshkow. La vita per lui non è mai nulla di preciso, né ha alcun peso di cose sapute. Gli può accadere benissimo qualche mattina, vedendosi nudo con una gamba alzata per entrare nella vasca da bagno, di restare stranamente impressionato del suo stesso corpo, come se, in quarantadue anni che lo ha, non l'abbia mai veduto e se lo scopra adesso per la prima volta. Un corpo, Dio mio, non presentabile, così nudo, senza una grande vergogna, neppure ai suoi propri occhi. Preferisce ignorarselo. Ma fa un gran caso tuttavia del fatto che non ha mai pensato che con questo corpo, così com'è in tante parti che nessuno di solito vede, nascoste sotto gli abiti e la calzatura, per quarantadue anni lui s'è aggirato nella vita. Non gli par credibile che tutta la sua vita lui l'abbia vissuta in quel suo corpo. No, no. Chi sa dove, chi sa dove, senz'accorgersene. Forse ha sempre sorvolato, di cosa in cosa, tra le tante che gli sono occorse fin dall'infanzia, quando certamente il suo corpo non era questo, e chi sa come era. E' davvero una pena e uno sgomento non riuscire a spiegarsi perché il proprio corpo debba essere necessariamente quello che è, e non un altro diverso. Meglio non pensarci. E nel bagno, torna a sorridere del suo vano sorriso, ignorando di trovarsi già da un pezzo nella vasca. Ah, quelle luminose tendine di mussola insaldate ai vetri della grande finestra, e di su quelle bacchette d'ottone quel lieve grazioso dondolìo nell'aria primaverile delle cime degli alti alberi del parco. Ora lui si sta asciugando quel corpo veramente brutto; ma deve, pur non di meno, convenire che la vita è bella, e tutta da godere anche in quel suo corpaccio che intanto, chi sa come, è potuto entrare nella più segreta intimità con una donna talmente impenetrabile qual è Mistress Myshkow, sua moglie.

Da nove anni ch'è ammogliato, lui è come avvolto e sospeso nel mistero di quella sua unione inverosimile con Mistress Myshkow.

Non ha mai osato farsi avanti, senza restare incerto, dopo ogni passo, se potesse darne un altro; e così alla fine ha provato sempre come un formicolìo d'apprensione in tutto il corpo e di sbigottimento nell'anima nel trovarsi arrivato già parecchio lontano per tutti quei passi sospesi che gli han lasciato fare. Doveva sì o no inferire che dunque doveva farli? Così, un bel giorno, quasi senz'esserne certo, s'era trovato marito di Mistress Myshkow.

Lei è ancora, dopo nove anni, così distaccata e isolata da tutto, dalla propria bellezza di statuetta di porcellana e così chiusa e smaltata in un modo d'essere così impenetrabilmente suo, che proprio pare impossibile che abbia trovato il modo d'unirsi in matrimonio con un uomo così di carne e sanguigno come lui. Si capisce invece benissimo come dalla loro unione siano potuti nascere quei due figli imbozzacchiti. Forse, se Mister Myshkow avesse potuto portarli in grembo lui, invece della moglie, non sarebbero nati così; ma dovette portarli in grembo lei, per nove mesi ciascuno, e allora, concepiti probabilmente interi fin dal principio e costretti a rimanere chiusi per tanto tempo in un ventre di majolica, come confetti in una scatola, ecco, s'erano così tremendamente invecchiati prima ancora che nascessero.

Per tutti i nove anni di matrimonio lui naturalmente è vissuto in apprensione continua che Mistress Myshkow trovasse in qualche sua parola impensata o gesto inopinato il pretesto di domandare il divorzio. Il primo giorno di matrimonio era stato per lui il più terribile perché, come si può facilmente immaginare, c'era arrivato non ben sicuro che Mistress Myshkow sapesse che cosa lui dovesse fare per potersi dire effettivamente suo marito. Ma poi non gli aveva lasciato intendere in alcun modo che si ricordasse della confidenza che lui s'era presa. Proprio come se nulla ci avesse mai messo di suo, perché lui se la potesse prendere, e lei poi ricordare. Eppure una prima figliuola, Helen, era nata; e poi era nato un secondo figliuolo, John. Mai niente. Senza dar segno di nulla, se n'era andata tutt'e due le volte alla clinica e, dopo un mese e mezzo, era rientrata in casa, la prima volta con una bambina e la seconda con un bambino, l'uno più vecchio dell'altra. Cosa da far cadere le braccia. Divieto assoluto, tutt'e due le volte, d'andarle a far visita alla clinica. Cosicché lui, non essendosi potuto accorgere né la prima né la seconda volta che lei fosse incinta e non sapendo poi nulla né delle doglie del parto né della nascita, s'era trovati in casa quei due figli come due cagnolini comperati in viaggio, senza nessuna vera certezza che fossero nati da lei e che fossero suoi.

Ma non ne ha il minimo dubbio Mister Myshkow, tanto che crede d'avere ormai in quei due figli una prova antichissima e per ben due volte collaudata che Mistress Myshkow trova nella convivenza con lui un compenso adeguato ai dolori che il mettere al mondo due figliuoli deve costare.

Non riesce perciò a rinvenire dallo stupore allorché sua moglie, rientrando in casa quel giorno da una visita alla madre scesa in albergo e prossima a ripartire per l'Inghilterra, e trovandolo ancora in ginocchio sul tappeto del salotto davanti a quella tartaruga, tra la derisione sguajatamente fredda di quei due figli, non gli dice nulla, o meglio gli dice tutto voltando senz'altro le spalle e ritornando immediatamente da sua madre all'albergo, da cui dopo circa un'ora gli manda un biglietto, nel quale perentoriamente è scritto che, o via da casa quella tartaruga, o via lei: se ne partirà, fra tre giorni con la madre per l'Inghilterra.

Appena può rimettersi a pensare, Mister Myshkow comprende subito che quella tartaruga non può esser altro che un pretesto. Così poco serio, via. Così facile a levar di mezzo! Eppure, proprio per questo, forse più inovviabile che se la moglie gli abbia posto per condizione di cangiar di corpo, e almeno di levarsi dalla faccia il naso per sostituirlo con un altro di suo maggiore gradimento.

Ma non vuole che manchi per lui. Risponde alla moglie che ritorni pure a casa: lui andrà a metter fuori in qualche posto la tartaruga. Non ci tiene affatto ad averla in casa. L'ha presa perché gli hanno detto che porta fortuna; ma, agiato com'è, e con una moglie come lei, e con due figli come i loro, che bisogno ne ha lui? che altra fortuna avrebbe da desiderare?

Va fuori, di nuovo con la tartaruga in mano, per lasciarla in qualche posto che alla povera bestiola scontrosa possa convenire più che la sua casa. S'è fatto sera e lui se ne avvede soltanto ora e se ne meraviglia. Pur abituato com'è alla vista fantasmagorica di quella sua enorme città, ha sempre occhi nuovi per lasciarsene stupire e anche immalinconire un po', se pensa che a tutte quelle prodigiose costruzioni è negato di imporsi come durevoli monumenti e stan lì come colossali e provvisorie apparenze di un'immensa fiera, con quegl'immobili sprazzi di variopinte luminarie che danno a lungo andare una tristezza infinita, e tant'altre cose ugualmente precarie e mutevoli.

Camminando, si dimentica d'avere in mano la tartaruga, ma poi se ne sovviene e riflette che avrebbe fatto meglio a lasciarla nel parco vicino alla sua casa; invece s'è diretto verso il negozio dov'essa è stata comperata, alla 49ma Strada.

Seguita ad andare, pur essendo certo che a quell'ora troverà chiuso il negozio. Ma si direbbe che tanto la sua tristezza quanto la sua stanchezza hanno proprio bisogno di andare a sbatter la faccia contro una porta chiusa.

Arrivato, sta un po' a guardare la porta del negozio chiusa effettivamente, e poi si guarda in mano la tartaruga. Che farne? Lasciarla lì davanti? Sente passare un tassì e lo prende. Ne scenderà a un certo punto, lasciandovi dentro la tartaruga.

Peccato che la bestiola, così ancora rintanata nel suo guscio, non dia a vedere d'avere molta fantasia. Sarebbe piacevole immaginare una tartaruga in viaggio di notte per le strade di New York.

No no. Mister Myshkow se ne pente, come d'una crudeltà. Scende dal tassì. E' ormai vicina la Park Avenue, con l'interminabile fila delle ajuole nel mezzo, dalle ringhierine a canestro. Pensa di lasciare la tartaruga in una di quelle ajuole; ma appena ve la posa, ecco che gli salta addosso un poliziotto che è di guardia al traffico nel crocicchio della 50ma Strada, sotto una delle gigantesche torri del Wardolf Astoria. Quel poliziotto vuol sapere che cosa ha posato in quell'ajuola. Una bomba? Non proprio una bomba, no. E Mister Myshkow gli sorride per dargli a vedere che non ne sarebbe capace. Semplicemente una tartaruga. Quello allora gl'impone di ritirarla subito. Proibito introdurre bestie nelle ajuole. Ma quella? Quella è piuttosto una pietra che una bestia, vuol fargli osservare Mister Myshkow; non crede che possa disturbare; e poi lui, per gravi motivi di famiglia, ha bisogno assolutamente di disfarsene. Il poliziotto crede che voglia prenderlo in giro e si fa brutto. Subito allora Mister Myshkow ritira dall'ajuola la tartaruga che non s'è mossa.

- M'hanno detto che porta fortuna, - soggiunge sorridente. - Non vorreste prenderla voi? Ve la offro.

Quello si scrolla furiosamente e con impero gli accenna di levarglisi dai piedi.

Ed ecco ora di nuovo Mister Myshkow con quella tartaruga in mano, in grande imbarazzo. Oh Dio, potrebbe lasciarla dovunque, anche in mezzo alla strada, appena fuori della vista di quel poliziotto che l'ha guardato così male, evidentemente perché non ha creduto ai gravi motivi di famiglia. Tutt'a un tratto, si ferma al baleno di un'idea. Sì, è senza dubbio un pretesto, per la moglie, quella tartaruga, e levato di mezzo questo, lei ne troverà subito un altro; ma difficilmente potrà trovarne uno più ridicolo di questo e che più di questo possa darle torto davanti al giudice e a tutti quanti. Sarebbe sciocco, dunque, non valersene. Lì per lì decide di rientrare in casa con la tartaruga.

Trova la moglie nel salotto. Senza dirle nulla si china e le posa davanti sul tappeto la tartaruga, là, come un ciottolo.

La moglie balza in piedi, corre in camera, gli si ripresenta col cappellino in capo.

- Dirò al giudice che alla compagnia di vostra moglie preferite quella della vostra tartaruga.

E se ne va.

Come se la bestiola dal tappeto l'abbia intesa, sfodera di scatto i quattro zampini, la coda e la testa e dondolando, quasi ballando, si muove per il salotto.

Mister Myshkow non può fare a meno di rallegrarsene, ma timidamente; batte le mani piano piano, e gli pare, guardandola, di dover riconoscere, ma senza esserne proprio convinto:

- La fortuna! La fortuna!

FORTUNA D'ESSER CAVALLO

La stalla è lì, dietro la porta chiusa, subito dopo l'entrata nel cortile rustico in pendìo, dall'acciottolato logoro e la cisterna in mezzo.

La porta è imporrita; verde un tempo, ora ha quasi perduto il colore; come la casa, quello gialligno dell'intonaco, per cui appare la più vecchia e misera del sobborgo.

Questa mattina all'alba la porta è stata chiusa da fuori col grosso catenaccio arrugginito; e il cavallo che era nella stalla è stato messo fuori e lasciato lì davanti, chi sa perché, senza né briglia né sella né bisaccia; senza nemmeno la capezza.

Vi sta paziente, quasi immobile, da parecchie ore. Sente attraverso la porta chiusa l'odore della sua stalla lì prossima, l'odore del cortile; e pare che di tanto in tanto, aspirandolo con le froge dilatate, sospiri.

Risponde curiosamente a ogni sospiro un fremito nervoso del cuojo sulla schiena, dov'è il segno d'un vecchio guidalesco.

Così libero d'ogni guarnimento, la testa e tutto il corpo, si può vedere come gli anni l'han ridotto: la testa, quando la rialza, ha ancora un che di nobile ma triste; il corpo è una pietà: il dosso, tutto nodi: sporgenti le costole; i fianchi, aguzzi; spessa però ancora la criniera e lunga la coda, appena un po' spelata.

Un cavallo che non può servire più a nulla, per dir la verità.

Che cosa aspetta lì davanti alla porta?

Chi, passando, lo vede, e sa che il padrone è già partito dopo essersi portata via tutta la roba di casa per andare ad abitare in un altro paese, pensa che qualcuno forse verrà per incarico di lui a ritirarlo; benché, lasciato così sguarnito di tutto, abbia piuttosto l'aria d'un cavallo abbandonato.

Altri passanti si fermano a guardarlo, e c'è chi dice di sapere che il padrone, prima di partire, ha cercato in tutti i modi di disfarsene, tentando in principio di venderlo anche a poco prezzo, poi offrendolo a tanti in dono; anche a lui; ma nessuno l'ha voluto, nemmeno regalato; neppur lui.

Non mangiasse, un cavallo, ma mangia. E per il servizio che quello può ancora rendere così vecchio e malandato, siamo giusti, vi par che valga la spesa del fieno o anche di un po' di paglia da dargli a mangiare?

Avere un cavallo e non saper che farsene, dev'esser pure un bell'impiccio.

Tanti, per levarselo, ricorrono al mezzo sbrigativo d'ucciderlo. Una palla di fucile costa poco. Ma non tutti hanno il cuore di farlo.

Resta però da vedere se non è più crudele abbandonarlo così. Certo, a vederlo ora davanti la porta chiusa d'una casa vuota e deserta, povera bestia, fa una gran pena. Quasi quasi verrebbe voglia di andargli a dire in un orecchio che non stia più lì ad aspettare inutilmente.

Gli avesse almeno lasciato una corda al collo per portarlo via in qualche modo; ma niente. Si vede che i guarnimenti, quelli sì, ha trovato da venderli: servono. Forse però se li sarebbe venduti lo stesso, chiunque se lo fosse preso, per poi lasciarlo nudo ugualmente in mezzo a un'altra strada.

Intanto, oh! guardate le mosche. Eh, quelle non si dirà mai che in tanta disdetta lo vogliano abbandonare. E il povero cavallo, se fa qualche movimento, è soltanto con la coda, per cacciarsele quando si sente pinzato più forte: cosa che gli avviene di frequente, ora che non ha più tanto sangue da dar loro a succhiare facilmente.

Ma già s'è stancato di star ritto su le zampe e si piega con pena sui ginocchi per riposarsi a terra, sempre con la testa verso la porta.

Non può proprio pensare d'esser libero.

Ma già, un cavallo, anche quando l'abbia davvero, la libertà, gli è forse dato di farsene un'idea? L'ha, e ne gode senza pensarci. Quando gliela levano, dapprima per istinto si ribella; poi, addomesticato, si rassegna e adatta.

Forse quello, nato in qualche stalla, libero non è stato mai. Sì, da giovane in campagna probabilmente, lasciato a pascolare sui prati. Ma libertà per modo di dire: prati chiusi da staccionate. Se pure c'è stato, che ricordo può più averne?

Sta lì a terra finché la fame non lo spinge a rimettersi con maggiore stento in piedi; e poiché da quella porta, dopo una così lunga attesa, non spera più ajuto, volta la testa a guardar di lato, lungo la strada del sobborgo. Nitrisce. Raspa con uno zoccolo. Più di questo non sa fare. Ma dev'esser convinto che è inutile, perché poco dopo sbruffa e scuote il capo; poi, incerto, muove qualche passo.

C'è ormai più d'un curioso che sta a osservarlo.

Pure in campagna, dove sia coltivata, non s'ammette che un cavallo vada libero; figurarsi poi in mezzo a un abitato dove ci son donne e bambini.

Un cavallo non è come un cane che può restar senza padrone e, se va per via, nessun ci fa caso. Un cavallo è un cavallo: e se non lo sa, lo sanno gli altri che lo vedono, il corpo che ha, molto molto più grande di quello d'un cane, ingombrante; un corpo che non riesce mai a ispirare un'intera confidenza e da cui tutti ci si guarda perché tutt'a un tratto, non si sa mai, uno sfaglio imprevedibile; e poi con quegli occhi, con quel bianco che a volte si scopre feroce e insanguato; occhi così tutti specchianti, con un brio di guizzi e certi baleni, che nessuno comprende, d'una vita sempre in ansia, che può adombrarsi di nulla.

Non è per ingiustizia. Ma non sono gli occhi d'un cane, umani, che chiedono scusa o pietà, che sanno anche fingere, con certi sguardi a cui la nostra ipocrisia non ha più nulla da insegnare.

Gli occhi d'un cavallo, ci vedi tutto, ma non ci puoi legger nulla.

E' vero che questo, così mal ridotto com'è, non pare a nessuno che possa esser pericoloso. Ma, comunque, perché impicciarsene?

Vada pure; se qualcuno sarà molestato, ci penserà lui a scostarlo, a cacciarlo; o ci penseranno le guardie.

Ragazzi, non tirate sassi. Vedete che non ha più nulla addosso? Così libero e sciolto, se piglia la fuga, chi lo para?

Stiamo piuttosto a vedere tranquillamente dove va.

Ecco, prima da uno là che fabbrica pasta al tornio e la tiene stesa ad asciugare all'aperto su certi telaj di rete posati su cavalletti traballanti.

Oh Dio, se s'accosta, li fa cadere.

Ma il pastajo accorre in tempo a pararlo e lo spinge via. Sacr... di chi è questo cavallo?

I monelli non reggono più, gli corrono dietro, gridando, ridendo.

- Un cavallo scappato?

- No: abbandonato.

- Come, abbandonato?

- Ma così. Lasciato dal padrone. Libero.

- Ah sì? Allora un cavallo che se ne va a spasso per conto suo per le vie del paese?

Eh via, d'un uomo si vorrebbe sapere se non è pazzo. Ma d'un cavallo che volete sapere? Un cavallo sa soltanto che ha fame. Ora, più là, allunga il muso verso un bel cesto d'insalata esposto fra tanti altri davanti alla bottega d'un erbivendolo.

E' respinto malamente anche da lì.

Alle botte è avvezzo, e se le prenderebbe in pace, se poi con questo lo lasciassero mangiare. Ma proprio non vogliono che mangi. Più resiste per dimostrare che non gl'importa delle botte, e più gli storcono il collo per tenergli il muso lontano da quel bel cesto di insalata. E la sua ostinazione fa ridere. Ma ci vuol tanto a comprendere che quell'insalata è lì esposta per esser venduta a chi voglia mangiarsela? E' una cosa così semplice. E, perché il cavallo dimostra di non comprenderla, tutte quelle risa sguajate.

Bestia! non ha neppure un filo di paglia da mangiare, e vorrebbe l'insalata.

Nessuno s'immagina che una bestia, dal canto suo, può vedere in tutt'altro modo, veramente più semplice, la cosa. Ma nulla da fare.

E il cavallo se ne va, col seguito di tutti quei monelli, i quali, dopo la bella dimostrazione data, di sapersi pigliar le botte così in pace, chi li tiene più? Gli fanno attorno una gazzarra d'inferno. Tanto che il cavallo a un certo punto si ferma stordito, come per cercare il modo di farla finita. Accorre un vecchio ad ammonire i monelli che coi cavalli non si scherza.

- Ecco, vedete?

La prova giova per un momento. I monelli riprendono a seguire il cavallo tenendosi a distanza. Dove va?

Avanti. Senza più osare accostarsi ad altre botteghe, attraversa tutta la strada del sobborgo in cima al colle, e dove questa comincia a discendere, disabitata per un lungo tratto, si riferma indeciso.

E' chiaro che non sa più dove andare.

Spira, in quel tratto di strada, un po' di vento. E il cavallo alza la testa, come a berlo, e socchiude gli occhi, forse perché vi sente l'odore dell'erba lontana, dei campi.

Resta lì fermo a lungo, a lungo, così con gli occhi socchiusi e il ciuffo che, ai soffi di quel vento, gli si muove lieve sulla fronte dura.

Ma non commoviamoci. Non dimentichiamo la fortuna che ha quel cavallo, come ogni altro: la fortuna d'esser cavallo.

Se i primi monelli si sono alla fine stancati di starlo a guardare e se ne sono andati, altri e altri in più gran numero gli fanno allegro codazzo quando sul tardi, venendo chi sa di dove come nuovo, stranamente esaltato da una ebbra impazienza per la fame, ecco, a testa alta, si presenta in mezzo al corso principale del paese e si pianta lì grattando con uno zoccolo il duro lastricato, come per dire: comando che mi si porti subito da mangiare qua, qua, qua.

Fischi, applausi, risa, gridi d'ogni genere si levano a quel gesto imperioso; la gente accorre, lasciando i tavolini del Caffè, le botteghe; tutti vogliono sapere di quel cavallo - scappato - non scappato - abbandonato - finché due guardie si fanno largo tra la ressa; l'una afferra per la criniera il cavallo e lo trascina via, mentre l'altra impedisce ai monelli di seguirlo, ributtandoli indietro.

Condotto fuori dell'abitato, dopo le ultime case e le fabbriche, passato il ponte, il cavallo, che non s'è reso conto di nulla, una sola cosa avverte: l'odore dell'erba, questa volta vicina, là sulle prode della strada oltre il ponte, che conduce alla campagna.

Perché tra le tante disgrazie che gli possono occorrere, capitando sotto gli uomini, un cavallo ha almeno sempre questa fortuna: che non pensa a nulla. Nemmeno d'esser libero. Né dove o come andrà a finire. Nulla. Lo cacceranno da per tutto? Lo butteranno a sfragellarsi in un burrone?

Ora, per il momento, mangia l'erba della proda. La sera è mite. Il cielo è stellato. Domani sarà quel che sarà.

Non ci pensa.

UNA SFIDA

Forse Jacob Shwarb non pensava nulla di male. Solo, forse, di far saltare tutto il mondo con la dinamite. Ma sarebbe stato male, certo, far saltare uno solo. Tutto il mondo, con la dinamite, non voleva dire proprio nulla. A ogni buon fine, credeva gli convenisse tener la fronte nascosta sotto un gran ciuffo arruffato di capelli rossastri.

Gran ciuffo. Mani affondate nelle tasche dei calzoni. Operajo disoccupato.

Si ribellò quando, ammesso all'ISRAEL ZION HOSPITAL di Brooklyn per una grave malattia di fegato, fu tosato. Senza più i capelli, ebbe la sensazione che gli fosse quasi svanita la testa. Se la cercò con le mani. Non gli parve più la sua e s'infuriò.

Voleva sapere se, con questa soperchieria che gli avevano fatta, lo volevano considerare più come ergastolano che come ammalato.

Motivo d'igiene?

Se n'infischiava lui dell'igiene.

Oh guarda un po'!

Meno male che, in mancanza di capelli, gli restavano ancora le grosse sopracciglia spioventi, sempre aggrottate, per covare negli occhi torbidi il rancore contro tutti e contro la vita stessa.

Per tutto il tempo che rimase all'ospedale, Jacob Shwarb non poté dire di che colore propriamente fosse, se più giallo o più verde, a causa di quella malattia di fegato che gli diede tormenti senza fine e un umore che si può bene immaginare.

Coliche terribili.

D'estate, due mesi, in una corsia dove di giorno e di notte tutti gli ammalati si lamentavano e chi non si lamentava più segno ch'era morto; smanie, sbuffi; coperte che facevano il pallone ora su un letto ora su un altro o, in un moto d'esasperazione, erano buttate all'aria, e subito allora un accorrere precipitoso d'infermieri o di sorveglianti notturni.

Jacob Shwarb li conosceva tutti a uno a uno quei sorveglianti notturni e per ciascuno aveva un'antipatia particolare. Particolarissima, quella per un certo Jo Kurtz che talvolta, per la stizza che gli suscitava, lo faceva perfino ridere; s'intende di quel riso che fanno i cani quando vogliono mordere.

Infatti questo Jo Kurtz aveva un modo tutto suo speciale d'esser dispettoso. Non parlava mai, se non proprio forzato; non faceva nulla; sorrideva soltanto d'un frigido sorriso che, non contento di stirargli la bocca dalle labbra bianche e sottili, gli s'appuntiva anche negli occhi pallidi bigi; e sempre teneva la testa piegata su una spalla, una testa d'avorio senza un pelo; e sempre come appese al petto, sul lungo càmice bianco, le grosse mani slavate.

Forse non capiva quale e quanta incompatibilità ci fosse tra questo suo perpetuo sorriso e i lamenti continui dei poveri ammalati, perché veramente non si poteva ammettere che, capendolo, potesse seguitare a sorridere così. Tranne che, all'insaputa degli ammalati, tutti quei loro lamenti non avessero ai suoi orecchi un che di comico e piacevole, fatti com'erano in vari toni, con diversa intensità, alcuni per abitudine, altri per un modo di darsi sfogo o conforto, e tutti insomma tali da comporre per lui una curiosa e divertente sinfonia.

Costretto a vegliar tutta la notte, ognuno s'ajuta contro il sonno come può.

Ma poi anche Jo Kutz aveva forse da sorridere così ai suoi pensieri. Poteva anche essere innamorato, sebbene in tarda età. E forse da tutti quei lamenti s'astraeva in un beato silenzio ch'era soltanto della sua anima bennata.

Ora, una notte che la corsia era insolitamente calma e lui solo, Jacob Shwarb, soffriva di non trovar più requie un momento in quel letto che da due mesi sapeva tutti i suoi tormenti, era appunto di guardia questo sorvegliante Jo Kurtz.

Spente tutte le lampade, tranne quella per il sorvegliante, riparata da una vèntola di mantino verde sul tavolino della parete di fondo, un gran chiaro di luna entra da tutti i finestroni della corsia e segnatamente da quello più grande, aperto, nel mezzo della parete dirimpetto.

Comprimendo quanto più può gli spasimi Jacob Shwarb osserva dal suo letto Jo Kurtz seduto davanti al tavolino con la faccia d'avorio illuminata dalla lampada e, per quanto abbia in odio l'umanità, si domanda come si possa sorridere a quel modo, come si possa restare così indifferente, stando di guardia ad una corsia d'ospedale dove un ammalato si dibatta come si dibatte lui; in un orgasmo crescente di punto in punto fin quasi a farlo diventar pazzo, pazzo, pazzo. All'improvviso, chi sa come, gli salta in mente un'idea: quella di vedere se Jo Kurtz rimarrà così, se ora lui lascia il letto e va a buttarsi da quel finestrone aperto in fondo alla corsia.

Non vede ancor chiaro da che sorga propriamente in lui così d'improvviso questa idea: se più dall'esasperazione ormai incontenibile della sua sofferenza, che gli appare ferocemente ingiusta in quella notte di calma di tutta la corsia, o più dal dispetto che gli fa Jo Kurtz.

Fino al momento di lasciare il letto non sa ancor bene se la sua vera intenzione sia quella d'andarsi a buttare dalla finestra o non piuttosto di mettere a prova quella indifferenza di Jo Kurtz, di sfidare quella sorridente placidità per il disperato bisogno d'offrirsi uno sfogo con lui: con lui che certamente ha l'obbligo d'accorrere a trattenerlo, vedendogli lasciare il letto senza prima averne ottenuto il permesso.

Il fatto è che Jacob Shwarb butta all'aria le coperte e springa ritto in piedi, proprio in atto di sfida, sotto gli occhi di Jo Kurtz. Ma Jo Kurtz non solo non si muove dal tavolino, ma non si scompone nemmeno.

D'agosto, fa un gran caldo. Può credere che l'ammalato voglia andare a prendere un po' d'aria alla finestra.

Tutti sanno che lui, Jo Kurtz, è di manica larga e indulgente verso gli ammalati che trasgrediscono a certe inutili prescrizioni dei medici.

Forse, a osservar bene addentro, si potrebbe scoprire in quel suo sorriso che lui chiuderebbe un occhio, anche se indovinasse che l'intenzione dell'ammalato è proprio quella d'andarsi a buttare dalla finestra.

Ha forse il diritto d'impedirglielo, lui Jo Kurtz, se poverino quell'ammalato soffre da non poterne più? Lui ne ha, se mai, solo il dovere, perché quell'ammalato è sotto la sua sorveglianza. Ma potendo seguitare a supporre che l'ammalato abbia lasciato il letto solo per un momentaneo refrigerio, ecco che la sua coscienza è a posto, può render ragione di non essersi mosso; e l'ammalato poi faccia quello che vuole: se vuol togliersi la vita, se la tolga pure; è affare suo.

Intanto Jacob Shwarb s'aspetta d'esser trattenuto, prima d'arrivare al finestrone in fondo alla corsia; è già quasi per arrivarci, e si volta fremente di rabbia a guardare Jo Kurtz: lo vede ancor là, seduto impassibile al suo tavolino, e tutt'a un tratto si sente come disarmato: non sa più né andare avanti né tornare indietro.

Jo Kurtz seguita a sorridergli, non per fargli dispetto, ma per fargli comprendere che capisce benissimo che un ammalato può aver tante necessità di lasciare momentaneamente il letto: basta che ne domandi, anche con un piccolo segno, il permesso. Ora può senz'altro interpretare che con quel suo fermarsi a guardarlo l'ammalato gliel'abbia chiesto; china più volte la testa per dirgli che sta bene e gli fa cenno con la mano che vada pure, vada pure.

E' per Jacob Shwarb, il colmo del dileggio, la risposta più insolente alla sua sfida. Ruggendo, leva i pugni, digrigna i denti, corre verso il finestrone e si precipita giù.

Non muore. Si spezza le gambe; si spezza un braccio e due costole; si ferisce anche gravemente alla testa. Ma, raccolto e curato, guarisce di tutte le sue ferite non solo, ma per uno di quei miracoli che sogliono operare certi violenti insulti nervosi guarisce anche della malattia di fegato. Dovrebbe ringraziare Iddio, se anche a costo di tutte quelle ferite è scampato, fuggendo così precipitosamente per la finestra, alla morte che gli era forse riserbata, se fosse rimasto ad aspettarla fra i tormenti all'ospedale. Nossignori. Appena guarito, consulta un avvocato e cita l'ISRAEL ZION HOSPITAL a pagargli venti mila dollari di danni per le ferite riportate nella caduta. Non ha altro mezzo di vendicarsi di Jo Kurtz. L'avvocato gli assicura che l'ospedale pagherà e che Jo Kurtz sarà certamente licenziato. Difatti, se gli è avvenuto di buttarsi dalla finestra, la colpa è della negligenza e della mancata sorveglianza dell'ospedale.

Il giudice gli domanda: - Ma t'ha forse preso qualcuno e costretto a buttarti dalla finestra? Il tuo atto fu volontario. - Jacob Shwarb guarda l'avvocato, e poi risponde al giudice:

- Nossignore. Io ero sicuro che me l'avrebbero impedito.

- Il sorvegliante?

- Sissignore. Era suo obbligo. Invece, non si mosse. Aspettai che si movesse. Gli diedi tutto il tempo; tant'è vero che, prima di buttarmi, mi voltai a guardarlo.

- E lui che fece?

- Lui? Niente. Come fa sempre, mi sorrise e, con la mano, mi fece: "vai pure, vai pure".

Difatti Jo Kurtz, anche lì davanti al giudice, sorride. Il giudice se n'indigna e gli domanda se è vero ciò che dice Jacob Shwarb.

- Sì, Vostro Onore, - gli rispose Jo Kurtz, - ma perché credetti che volesse prendere un po' d'aria.

Il giudice batte un pugno sulla tavola.

- Ah, voi credete questo?

E condanna l'ISRAEL ZION HOSPITAL a pagare a Jacob Shwarb venti mila dollari di danni.

IL CHIODO

Il ragazzo ha confessato che, quel chiodo, lui l'aveva trovato traversando una strada del quartiere negro di Harlem. Era un grosso chiodo arrugginito caduto forse da un carro passato poco prima per la strada.

Caduto apposta.

- Come, apposta?

Inutile sgranar gli occhi, o dare un balzo sulla seggiola. Se non si voleva tener conto di questo, e del modo come il ragazzo lo diceva, calmo, convinto, ma fissato negli occhi vitrei il terrore della cosa incomprensibile e inesplicabile che gli era accaduta, inutile seguitare a interrogarlo.

Quel chiodo era lì, in mezzo alla strada deserta, e vi spiccava in tal maniera che irresistibilmente attirava a sé non pur lo sguardo ma anche la mano di chi si fosse trovato a passare, forzato a chinarsi per raccattarlo, anche senza sapere che farsene, anche per ributtarlo sulla strada poco dopo.

Il ragazzo infatti dice che lui non pensò mai che se ne sarebbe servito; che non ci pensò neppure nell'atto stesso di servirsene. L'aveva in mano perché non aveva potuto fare a meno di raccattarlo; ma non ci pensava già più. Il chiodo era ormai "quieto" nella sua mano (ha detto così, e tutti hanno avuto un brivido nel sentirglielo dire), il chiodo era ormai "quieto" nella sua mano perché, come voleva, era stato raccattato.

E così, sempre a suo dire, ugualmente apposta due monelle di strada, mentre lui stava per svoltare da quella dove aveva raccattato il chiodo, due monelle, l'una di circa quattordici anni e l'altra appena di otto, si erano azzuffate tra loro. Incendiate dentro un nembo di fuoco del sole estivo al tramonto, facevano un groviglio di braccia di gambe di stracci di capelli; e lì per lì, d'impeto, lui s'era gettato su loro, aveva alzato il pugno e ficcato il chiodo in testa alla più piccola; poi, subito dopo, ma veramente dopo un tempo infinito, nel vederla morta come da sempre, stramazzare ai suoi piedi tutta insanguinata, era restato basito tra l'orrore della gente accorsa.

Perché aveva colpito la piccola e non la grande non sapeva dire. Non conosceva né l'una né l'altra. Non aveva avuto tempo neppur di vederle in faccia. Aveva veduto soltanto che la grande teneva acciuffata la piccola per i capelli sulle tempie, e che questi capelli della piccola erano rossi di rame, e una sua mano, come artigliata, sulla faccia della grande, che le tirava da sotto orribilmente un occhio, scoprendone tutto il bianco, fin quasi a farlo schizzar fuori.

Era stato forse per quel colore dei capelli, per quell'occhio così tirato. Perché poi s'era saputo che il torto era della grande che voleva fare alla piccola una soperchieria, approfittandosi della gracilità di lei, malatina, come s'era visto bene dal suo visino smunto affilato, che lì per terra, tra il sangue, era sembrato di cera, una pietà, quel nasino, quella boccuccia, tutte quelle lentiggini. Nessun dubbio che nella zuffa avrebbe avuto lei, infine, la peggio.

E lui con quel chiodo l'aveva uccisa.

Ora, dopo l'interrogatorio, ascolta, curvo sulla seggiola, e con una cupa maraviglia negli occhi, le mani gracili sui ginocchi, segnate da graffii che forse lui stesso s'è fatti senza saperlo. Ascolta le ragioni che gli altri escogitano per spiegare il suo atto.

La sua maraviglia è che possano esser tante, queste ragioni, mentre lui non sa vederne nemmeno una; tante, e tutte parer vere e probabili sia quelle escogitate in suo favore, sia quelle contro di lui.

Ma sì, pajono vere e probabili anche a lui, se si lascia prendere però a considerarle come un costrutto di ingegnose supposizioni e invenzioni non propriamente riferibili a lui e al suo atto; altrimenti no; talune lo farebbero persino ridere, se non si sentisse trattenuto dallo sbigottimento e da un'altra cosa che gli tengono sotto gli occhi, sul tavolino del giudice: il chiodo, la cui ruggine s'è tinta d'un rosso più cupo; e da un'altra cosa ancora, più terribile di tutte, che lui si tien nascosta nel più profondo del cuore, quasi debba provarne vergogna. Ma non è vergogna. E' spavento. E trema al solo pensiero che possa essere scoperta. Una disperata pietà, uno sconsolato amore che gli è nato e a mano a mano cresciuto per LEI, che solo adesso è venuto a sapere che si chiamava Betty; così soltanto, Betty; perché così soltanto di nome era conosciuta; e nessuno infatti è venuto a presentarsi per lei.

Con questo sentimento segreto, che lo cuoce, non gli importa se coloro che parlano offendono la verità, e dicono cose contro di lui; anzi n'è contento perché ogni cosa ingiusta che dicono gli dimostra sempre più che vera è invece soltanto quell'altra a cui nessuno vuol credere, di quel chiodo cioè caduto apposta e di Betty e dell'altra ragazza che, proprio mentre lui svoltava dalla strada, si erano azzuffate ugualmente apposta perché lui da quella loro zuffa trascinato a menar le mani, senza più pensarci armato di quel chiodo, commettesse la feroce ingiustizia d'uccidere una innocente.

E non è vero, Betty, dei tuoi capelli; che i tuoi capelli rossi non erano belli. Erano belli, erano belli e ti stavano bene. E che importa che sul visino affilato abbia tutte quelle lentiggini? Se aprissi gli occhi che non t'ho nemmeno visti! Ah, fosse avvenuto il miracolo che tu, là per terra, fra tutto quel sangue, per far passare a tutti lo spavento, d'improvviso scoprissi la furbizia di due occhietti vispi. Ma non è avvenuto questo miracolo. Gli occhietti te li ho visti soltanto chiusi, per sempre. Forse, malatuccia, non potevi più averli vispi. Non importa, non importa: aprili, aprili, Betty, e sorridi. Forse ti manca qualche dentino; non li avrai ancora rimessi tutti; non importa, sorridi. Ma queste labbra bianche, queste labbra bianche; bisogna lavare subito tutto questo sangue.

Insulto epilettico? Chi dice insulto epilettico?

Lo dicono per lui, e spiegano i sintomi del male. Ma lui è sicuro di non aver mai provato nulla di simile. Può darsi che sia affetto di quel male senza saperlo, rimasto nascosto fino al momento del delitto e tutt'a un tratto esploso in lui?

Se seguitano a dire di queste cose gli faranno scoppiare il cuore, o lo faranno impazzire.

Ma ora dicono istinto malvagio.

Preferisce che dicano così, perché non è vero. Lui, istinto malvagio? Non ha mai potuto assistere senza ribellarsi alle crudeltà dei suoi compagni di ricreazione contro qualche bestiolina o un insetto. Mai rivelato, lui, istinti malvagi. E se credono che ne sia prova quel chiodo raccattato per terra, fanno ridere. Non lo conoscono. Non parlano di lui. Nessun istinto s'era risvegliato in lui nell'atto di raccattare il chiodo; l'aveva raccattato senza neppur pensare a quello che faceva; ed era così al tutto alieno che, nel tratto di strada prima di svoltare, pensava soltanto al carro, a un carro da cui quel chiodo poteva esser caduto; un carro che forse s'avviava verso la campagna lontana. Perché lui tornava proprio dalla campagna in quei giorni, dov'era stato a villeggiare con la famiglia, l'estate, e ne aveva visti passare tanti di quei carri lungo i sentieri tra le erbe alte.

Ma, del resto, dicano quello che vogliono; inventino; facciano le più assurde supposizioni; non gli importa più di nulla: è già lontano, nella campagna di Old Lime dove ha passato l'estate; rivede la villa e tutti i dintorni deliziosi nell'aria serena; la barchetta a vela del padre ormeggiata presso la sponda del fiume, il Connecticut, più azzurro del mare tra tanto verde d'intorno; è andato col padre su quella barchetta fino all'oceano; più oltre la mamma non permetteva che si andasse: la barchetta con tutta la vela era così piccola; ma la villa era grande, con tante colonne per finta sulla facciata, e tutta circondata da tanti grandi alberi belli, che il nonno era sicuro fossero eucalipti e il babbo diceva platani e faggi; eucalipti, eucalipti; platani, faggi; ma il fatto era che facevano tanta ombra, che dentro la villa quasi non ci si vedeva ed era meglio passare le giornate all'aperto; del resto in campagna ci si va per questo; ma attento, gli gridava dietro la madre, di non allontanarti troppo; e loro, seduti sul davanti, restavano a spiegare agli amici che venivano a trovarli che quella villa era la più antica di Old Lime, e una delle più antiche di tutta l'America; mentre lui o correva felice come un pazzo lungo le sponde del fiume o si perdeva nella campagna, in mezzo all'erba così alta e spessa e che sentiva così di tutti i succhi della terra che quasi soffocava e ubriacava. Ma ora non può più esser solo. Ora è là in mezzo a tutta quell'erba, con Betty; vuole giocar con lei; ma Betty dapprima non vuole; poi gli dà la manina, una manina ancora fredda fredda, di gelo, che dà un brivido a toccarla; non bisogna più pensarci; si china a guardarla; lei ora lo segue a capo chino e col ditino dell'altra mano all'angolo della bocca. Vanno e vanno. Ma così è inutile, se non debbono giocare. Non vuole più giocare? Non può? E allora? Si vuol gettare di nuovo a terra? No! No! Betty ora è guarita, e dev'esser vispa di nuovo, e ridere, ridere, sì. Ma Betty si ferma e con la manina gli fa segno d'attendere un po'. Che cosa? Deve allontanarsi un momento, un momentino solo. Un bisogno. Lui resta un po' mortificato. Non gli piace che le femminucce facciano saper certe cose. Ma ecco che invece di lei, dal punto dove è andata a nascondersi, vien fuori un'altra ragazza; no, non è quella della zuffa; è una sua cuginetta, grassa e brutta, quasi della sua età, venuta da Harlem con la madre per passare in campagna tutta la giornata; lui non la può soffrire. Dov'è andata Betty? Eccola là lontano che corre; ha preso questo pretesto per fuggire; ha paura di lui. No, no, Betty; lui non ti farà più male; lui darà la sua vita per farti rivivere e lascerà che tu prenda in casa il suo posto. Ora sei qui; ci penserà la mamma a lavarti bene; e via tutti questi straccetti; con un abitino nuovo ti vestirà, d'un colore che ti stia bene, d'accordo con questi tuoi capellucci rossi, un abitino color pervinca; oh come ora sei carina così; peccato che lui non ci debba esser più per vederti, se ha dato per te la sua vita; e tu resterai sempre piccina così, qua in campagna, senza mai farti grande per nessuno; in campagna, come in un paradiso, Betty.

Non l'hanno incriminato.

Dichiarato libero, il ragazzo non ha dato segno di nulla. Ha tratto soltanto un sospiro. E' sicuro che lui morrà di pena per Betty.

Ma forse non morrà. Passeranno gli anni. E forse da grande penserà qualche volta a Betty. E la vedrà, sempre piccina, che lo aspetta in campagna a Old Lime, con l'abitino color di pervinca sempre nuovo, che s'accorda bene coi suoi capellucci rossi.

LA SIGNORA FROLA E Il SIGNOR PONZA, SUO GENERO

Ma insomma, ve lo figurate? c'è da ammattire sul serio tutti quanti a non poter sapere chi tra i due sia il pazzo, se questa signora Frola o questo signor Ponza, suo genero. Cose che càpitano soltanto a Valdana, città disgraziata, calamìta di tutti i forestieri eccentrici!

Pazza lei o pazzo lui; non c'è via di mezzo: uno dei due dev'esser pazzo per forza. Perché si tratta niente meno che di questo... Ma no, è meglio esporre prima con ordine.

Sono, vi giuro, seriamente costernato dell'angoscia in cui vivono da tre mesi gli abitanti di Valdana, e poco m'importa della signora Frola e del signor Ponza, suo genero. Perché, se è vero che una grave sciagura è loro toccata, non è men vero che uno dei due, almeno, ha avuto la fortuna d'impazzirne e l'altro l'ha ajutato, séguita ad ajutarlo così che non si riesce, ripeto, a sapere quale dei due veramente sia pazzo; e certo una consolazione meglio di questa non se la potevano dare. Ma dico di tenere così, sotto quest'incubo, un'intera cittadinanza, vi par poco? togliendole ogni sostegno al giudizio, per modo che non possa più distinguere tra fantasma e realtà. Un'angoscia, un perpetuo sgomento. Ciascuno si vede davanti, ogni giorno, quei due; li guarda in faccia; sa che uno dei due è pazzo; li studia, li squadra, li spia e, niente! non poter scoprire quale dei due; dove sia il fantasma, dove la realtà. Naturalmente, nasce in ciascuno il sospetto pernicioso che tanto vale allora la realtà quanto il fantasma, e che ogni realtà può benissimo essere un fantasma e viceversa. Vi par poco? Nei panni del signor prefetto, io darei senz'altro, per la salute dell'anima degli abitanti di Valdana, lo sfratto alla signora Frola e al signor Ponza, suo genero.

Ma procediamo con ordine.

Questo signor Ponza arrivò a Valdana or sono tre mesi, segretario di prefettura. Prese alloggio nel casolare nuovo all'uscita del paese, quello che chiamano "il Favo". Lì. All'ultimo piano, un quartierino. Tre finestre che danno sulla campagna, alte, tristi (ché la facciata di là, all'aria di tramontana, su tutti quegli orti pallidi, chi sa perché, benché nuova, s'è tanto intristita) e tre finestre interne, di qua, sul cortile, ove gira la ringhiera del ballatojo diviso da tramezzi a grate. Pendono da quella ringhiera, lassù lassù, tanti panierini pronti a esser calati col cordino a un bisogno.

Nello stesso tempo, però, con maraviglia di tutti, il signor Ponza fissò nel centro della città, e propriamente in Via dei Santi n. 15, un altro quartierino mobigliato di tre camere e cucina. Disse che doveva servire per la suocera, signora Frola. E difatti questa arrivò cinque o sei giorni dopo; e il signor Ponza si recò ad accoglierla, lui solo, alla stazione e la condusse e la lasciò lì, sola.

Ora, via, si capisce che una figliuola, maritandosi, lasci la casa della madre per andare a convivere col marito, anche in un'altra città; ma che questa madre poi, non reggendo a star lontana dalla figliuola, lasci il suo paese, la sua casa, e la segua, e che nella città dove tanto la figliuola quanto lei sono forestiere vada ad abitare in una casa a parte, questo non si capisce più facilmente; o si deve ammettere tra suocera e genero una così forte incompatibilità da rendere proprio impossibile la convivenza, anche in queste condizioni.

Naturalmente a Valdana dapprima si pensò così. E certo chi scapitò per questo nell'opinione di tutti fu il signor Ponza. Della signora Frola, se qualcuno ammise che forse doveva averci anche lei un po' di colpa, o per scarso compatimento o per qualche caparbietà o intolleranza, tutti considerarono l'amore materno che la traeva appresso alla figliuola, pur condannata a non poterle vivere accanto.

Gran parte ebbe in questa considerazione per la signora Frola e nel concetto che subito del signor Ponza s'impresse nell'animo di tutti, che fosse cioè duro, anzi crudele, anche l'aspetto dei due, bisogna dirlo. Tozzo, senza collo, nero come un africano, con folti capelli ispidi su la fronte bassa, dense e aspre sopracciglia giunte, grossi mustacchi lucidi da questurino, e negli occhi cupi, fissi, quasi senza bianco, un'intensità violenta, esasperata, a stento contenuta, non si sa se di doglia tetra o di dispetto della vista altrui, il signor Ponza non è fatto certamente per conciliarsi la simpatia o la confidenza. Vecchina gracile, pallida, è invece la signora Frola, dai lineamenti fini, nobilissimi, e una aria malinconica, ma d'una malinconia senza peso, vaga e gentile, che non esclude l'affabilità con tutti.

Ora di questa affabilità, naturalissima in lei, la signora Frola ha dato subito prova in città, e subito per essa nell'animo di tutti è cresciuta l'avversione per il signor Ponza; giacché chiaramente è apparsa a ognuno l'indole di lei, non solo mite, remissiva, tollerante, ma anche piena d'indulgente compatimento per il male che il genero le fa; e anche perché s'è venuto a sapere che non basta al signor Ponza relegare in una casa a parte quella povera madre, ma spinge la crudeltà fino a vietarle anche la vista della figliuola.

Se non che, non crudeltà, protesta subito nelle sue visite alle signore di Valdana la signora Frola, ponendo le manine avanti, veramente afflitta che si possa pensare questo di suo genero. E s'affretta a decantarne tutte le virtù, a dirne tutto il bene possibile e immaginabile; quale amore, quante cure, quali attenzioni egli abbia per la figliuola, non solo, ma anche per lei, sì, sì, anche per lei; premuroso, disinteressato... Ah, non crudele, no, per carità! C'è solo questo: che vuole tutta, tutta per sé la mogliettina, il signor Ponza, fino al punto che anche l'amore, che questa deve avere (e l'ammette, come no?) per la sua mamma, vuole che le arrivi non direttamente, ma attraverso lui, per mezzo di lui, ecco. Sì, può parere crudeltà, questa, ma non lo è; è un'altra cosa, un'altra cosa ch'ella, la signora Frola, intende benissimo e si strugge di non sapere esprimere. Natura, ecco... ma no, forse una specie di malattia... come dire? Mio Dio, basta guardarlo negli occhi. Fanno in prima una brutta impressione, forse, quegli occhi; ma dicono tutto a chi, come lei, sappia leggere in essi: la pienezza chiusa, dicono, di tutto un mondo d'amore in lui, nel quale la moglie deve vivere senza mai uscirne minimamente, e nel quale nessun altro, neppure la madre, deve entrare. Gelosia? Sì, forse; ma a voler definire volgarmente questa totalità esclusiva d'amore.

Egoismo? Ma un egoismo che si dà tutto, come un mondo, alla propria donna! Egoismo, in fondo, sarebbe quello di lei a voler forzare questo mondo chiuso d'amore, a volervisi introdurre per forza, quand'ella sa che la figliuola è felice, così adorata... Questo a una madre può bastare! Del resto, non è mica vero ch'ella non la veda, la sua figliuola. Due o tre volte al giorno la vede: entra nel cortile della casa; suona il campanello e subito la sua figliuola s'affaccia di lassù.

- Come stai Tildina?

- Benissimo, mamma. Tu?

- Come Dio vuole, figliuola mia. Giù, giù il panierino!

E nel panierino, sempre due parole di lettera, con le notizie della giornata. Ecco, le basta questo. Dura ormai da quattr'anni questa vita, e ci s'è abituata la signora Frola. Rassegnata, sì. E quasi non ne soffre più.

Com'è facile intendere, questa rassegnazione della signora Frola, quest'abitudine ch'ella dice d'aver fatto al suo martirio, ridondano a carico del signor Ponza, suo genero, tanto più, quanto più ella col suo lungo discorso si affanna a scusarlo.

Con vera indignazione perciò, e anche dirò con paura, le signore di Valdana che hanno ricevuto la prima visita della signora Frola, accolgono il giorno dopo l'annunzio di un'altra visita inattesa, del signor Ponza, che le prega di concedergli due soli minuti d'udienza, per una "doverosa dichiarazione", se non reca loro incomodo.

Affocato in volto, quasi congestionato, con gli occhi più duri e più tetri che mai, un fazzoletto in mano che stride per la sua bianchezza, insieme coi polsini e il colletto della camicia, sul nero della carnagione, del pelame e del vestito, il signor Ponza, asciugandosi di continuo il sudore che gli sgocciola dalla fronte bassa e dalle gote raschiose e violacee, non già per il caldo, ma per la violenza evidentissima dello sforzo che fa su se stesso e per cui anche le grosse mani dalle unghie lunghe gli tremano; in questo e in quel salotto, davanti a quelle signore che lo mirano quasi atterrite, domanda prima se la signora Frola, sua suocera, è stata a visita da loro il giorno avanti; poi, con pena, con sforzo, con agitazione di punto in punto crescenti, se ella ha parlato loro della figliuola e se ha detto che egli le vieta assolutamente di vederla e di salire in casa sua.

Le signore, nel vederlo così agitato, com'è facile immaginare, s'affrettano a rispondergli che la signora Frola, sì, è vero, ha detto loro di quella proibizione di vedere la figlia, ma anche tutto il bene possibile e immaginabile di lui, fino a scusarlo, non solo, ma anche a non dargli nessun'ombra di colpa per quella proibizione stessa.

Se non che, invece di quietarsi, a questa risposta delle signore, il signor Ponza si agita di più; gli occhi gli diventano più duri, più fissi, più tetri; le grosse gocce di sudore più spesse; e alla fine, facendo uno sforzo ancor più violento su se stesso, viene alla sua "dichiarazione doverosa".

La quale è questa, semplicemente: che la signora Frola, poveretta, non pare, ma è pazza.

Pazza da quattro anni, sì. E la sua pazzia consiste appunto nel credere che egli non voglia farle vedere la figliuola. Quale figliuola? E' morta, è morta da quattro anni la figliuola: e la signora Frola, appunto per il dolore di questa morte, è impazzita: per fortuna, impazzita, sì, giacché la pazzia è stata per lei lo scampo dal suo disperato dolore. Naturalmente non poteva scamparne, se non così, cioè credendo che non sia vero che la sua figliuola è morta e che sia lui, invece, suo genero, che non vuole più fargliela vedere.

Per puro dovere di carità verso un'infelice, egli, il signor Ponza, seconda da quattro anni, a costo di molti e gravi sacrifici, questa pietosa follia: tiene, con dispendio superiore alle sue forze, due case: una per sé, una per lei; e obbliga la sua seconda moglie, che per fortuna caritatevolmente si presta volentieri, a secondare anche lei questa follia. Ma carità, dovere, ecco, fino a un certo punto: anche per la sua qualità di pubblico funzionario, il signor Ponza non può permettere che si creda di lui, in città, questa cosa crudele e inverosimile: ch'egli cioè, per gelosia o per altro, vieti a una povera madre di vedere la propria figliuola.

Dichiarato questo, il signor Ponza s'inchina innanzi allo sbalordimento delle signore, e va via. Ma questo sbalordimento delle signore non ha neppure il tempo di scemare un po', che rieccoti la signora Frola con la sua aria dolce di vaga malinconia a domandar scusa se, per causa sua, le buone signore si sono prese qualche spavento per la visita del signor Ponza, suo genero.

E la signora Frola, con la maggior semplicità e naturalezza del mondo, dichiara a sua volta, ma in gran confidenza, per carità! poiché il signor Ponza è un pubblico funzionario, e appunto per questo ella la prima volta s'è astenuta dal dirlo, ma sì, perché questo potrebbe seriamente pregiudicarlo nella carriera; il signor Ponza, poveretto - ottimo, ottimo inappuntabile segretario alla prefettura, compìto, preciso in tutti i suoi atti, in tutti i suoi pensieri, pieno di tante buone qualità - il signor Ponza, poveretto, su quest'unico punto non... non ragiona più, ecco; il pazzo è lui, poveretto; e la sua pazzia consiste appunto in questo: nel credere che sua moglie sia morta da quattro anni e nell'andar dicendo che la pazza è lei, la signora Frola che crede ancora viva la figliuola. No, non lo fa per contestare in certo qual modo innanzi agli altri quella sua gelosia quasi maniaca e quella crudele proibizione a lei di vedere la figliuola, no; crede, crede sul serio il poveretto che sua moglie sia morta e che questa che ha con sé sia una seconda moglie. Caso pietosissimo! Perché veramente col suo troppo amore quest'uomo rischiò in prima di distruggere, d'uccidere la giovane moglietta delicatina, tanto che si dovette sottrargliela di nascosto e chiuderla a insaputa di lui in una casa di salute. Ebbene, il povero uomo, a cui già per quella frenesia d'amore s'era anche gravemente alterato il cervello, ne impazzì; credette che la moglie fosse morta davvero: e questa idea gli si fissò talmente nel cervello, che non ci fu più verso di levargliela, neppure quando, ritornata dopo circa un anno florida come prima, la moglietta gli fu ripresentata. La credette un'altra; tanto che si dovette con l'ajuto di tutti, parenti e amici, simulare un secondo matrimonio, che gli ha ridato pienamente l'equilibrio delle facoltà mentali.

Ora la signora Frola crede d'aver qualche ragione di sospettare che da un pezzo suo genero sia del tutto rientrato in sé e ch'egli finga, finga soltanto di credere che sua moglie sia una seconda moglie, per tenersela così tutta per sé, senza contatto con nessuno, perché forse tuttavia di tanto in tanto gli balena la paura che di nuovo gli possa esser sottratta nascostamente. Ma sì. Come spiegare, se no, tutte le cure, le premure che ha per lei, sua suocera, se veramente egli crede che è una seconda moglie quella che ha con sé? Non dovrebbe sentire l'obbligo di tanti riguardi per una che, di fatto, non sarebbe più sua suocera, è vero? Questo, si badi, la signora Frola lo dice, non per dimostrare ancor meglio che il pazzo è lui; ma per provare anche a se stessa che il suo sospetto è fondato.

- E intanto, - conclude con un sospiro che su le labbra le s'atteggia in un dolce mestissimo sorriso, - intanto la povera figliuola mia deve fingere di non esser lei, ma un'altra, e anch'io sono obbligata a fingermi pazza credendo che la mia figliuola sia ancora viva. Mi costa poco, grazie a Dio, perché è là, la mia figliuola, sana e piena di vita; la vedo, le parlo; ma sono condannata a non poter convivere con lei, e anche a vederla e a parlarle da lontano, perché egli possa credere, o fingere di credere che la mia figliuola, Dio liberi, è morta e che questa che ha con sé è una seconda moglie. Ma torno a dire, che importa se con questo siamo riusciti a ridare la pace a tutti e due? So che la mia figliuola è adorata, contenta; la vedo; le parlo; e mi rassegno per amore di lei e di lui a vivere così e a passare anche per pazza, signora mia, pazienza...

Dico, non vi sembra che a Valdana ci sia proprio da restare a bocca aperta, a guardarci tutti negli occhi, come insensati? A chi credere dei due? Chi è il pazzo? Dov'è la realtà? dove il fantasma?

Lo potrebbe dire la moglie del signor Ponza. Ma non c'è da fidarsi se, davanti a lui, costei dice d'esser seconda moglie; come non c'è da fidarsi se, davanti alla signora Frola, conferma d'esserne la figliuola. Si dovrebbe prenderla a parte e farle dire a quattr'occhi la verità. Non è possibile. Il signor Ponza - sia o no lui il pazzo - è realmente gelosissimo e non lascia vedere la moglie a nessuno. La tiene lassù, come in prigione, sotto chiave; e questo fatto è senza dubbio in favore della signora Frola; ma il signor Ponza dice che è costretto a far così, e che sua moglie stessa anzi glielo impone, per paura che la signora Frola non le entri in casa all'improvviso. Può essere una scusa. Sta anche di fatto che il signor Ponza non tiene neanche una serva in casa. Dice che lo fa per risparmio, obbligato com'è a pagar l'affitto di due case; e si sobbarca intanto a farsi da sé la spesa giornaliera, e la moglie, che a suo dire non è la figlia della signora Frola, si sobbarca anche lei per pietà di questa, cioè d'una povera vecchia che fu suocera di suo marito, a badare a tutte le faccende di casa, anche alle più umili, privandosi dell'ajuto di una serva. Sembra a tutti un po' troppo. Ma è anche vero che questo stato di cose, se non con la pietà, può spiegarsi con la gelosia di lui.

Intanto, il signor Prefetto di Valdana s'è contentato della dichiarazione del signor Ponza. Ma certo l'aspetto e in gran parte la condotta di costui non depongono in suo favore, almeno per le signore di Valdana più propense tutte quante a prestar fede alla signora Frola. Questa, difatti, viene premurosa a mostrar loro le letterine affettuose che le cala giù col panierino la figliuola, e anche tant'altri privati documenti, a cui però il signor Ponza toglie ogni credito, dicendo che le sono stati rilasciati per confortare il pietoso inganno.

Certo è questo, a ogni modo: che dimostrano tutt'e due, l'uno per l'altra, un meraviglioso spirito di sacrifizio, commoventissimo; e che ciascuno ha per la presunta pazzia dell'altro la considerazione più squisitamente pietosa. Ragionano tutt'e due a meraviglia; tanto che a Valdana non sarebbe mai venuto in mente a nessuno di dire che l'uno dei due era pazzo, se non l'avessero detto loro: il signor Ponza della signora Frola, e la signora Frola del signor Ponza.

La signora Frola va spesso a trovare il genero alla prefettura per aver da lui qualche consiglio, o lo aspetta all'uscita per farsi accompagnare in qualche compera: e spessissimo, dal canto suo, nelle ore libere e ogni sera il signor Ponza va a trovare la signora Frola nel quartierino mobigliato; e ogni qual volta per caso l'uno s'imbatte nell'altra per via, subito con la massima cordialità si mettono insieme; egli le dà la destra e, se stanca, le porge il braccio, e vanno così, insieme, tra il dispetto aggrondato e lo stupore e la costernazione della gente che li studia, li squadra, li spia e, niente!, non riesce ancora in nessun modo a comprendere quale sia il pazzo dei due, dove sia il fantasma, dove la realtà.

UNA GIORNATA

Strappato dal sonno, forse per sbaglio, e buttato fuori dal treno in una stazione di passaggio. Di notte; senza nulla con me.

Non riesco a riavermi dallo sbalordimento. Ma ciò che più mi impressiona è che non mi trovo addosso alcun segno della violenza patita; non solo, ma che non ne ho neppure un'immagine, neppur l'ombra confusa d'un ricordo.

Mi trovo a terra, solo, nella tenebra d'una stazione deserta; e non so a chi rivolgermi per sapere che m'è accaduto, dove sono.

Ho solo intravisto un lanternino cieco, accorso per richiudere lo sportello del treno da cui sono stato espulso. Il treno è subito ripartito. E' subito scomparso nell'interno della stazione quel lanternino, col riverbero vagellante del suo lume vano. Nello stordimento, non m'è nemmeno passato per il capo di corrergli dietro per domandare spiegazioni e far reclamo.

Ma reclamo di che?

Con infinito sgomento m'accorgo di non aver più idea d'essermi messo in viaggio su un treno. Non ricordo più affatto di dove sia partito, dove diretto; e se veramente, partendo, avessi con me qualche cosa. Mi pare nulla.

Nel vuoto di questa orribile incertezza, subitamente mi prende il terrore di quello spettrale

lanternino cieco che s'è subito ritirato, senza fare alcun caso della mia espulsione dal treno. E'
dunque forse la cosa più normale che a questa stazione si scenda così?

Nel bujo, non riesco a discernerne il nome. La città mi è però certamente ignota. Sotto i primi
squallidi barlumi dell'alba, sembra deserta. Nella vasta piazza livida davanti alla stazione c'è un
fanale ancora acceso. Mi ci appresso; mi fermo e, non osando alzar gli occhi, atterrito come sono
dall'eco che hanno fatto i miei passi nel silenzio, mi guardo le mani, me le osservo per un verso e
per l'altro, le chiudo, le riapro, mi tasto con esse, mi cerco addosso, anche per sentire come son
fatto, perché non posso più esser certo nemmeno di questo: ch'io realmente esista e che tutto questo
sia vero.

Poco dopo, inoltrandomi fin nel centro della città, vedo che a ogni passo mi farebbero restare dallo
stupore, se uno stupore più forte non mi vincesse nel vedere che tutti gli altri, pur simili a me, ci si
muovono in mezzo senza punto badarci, come se per loro siano le cose più naturali e più solite. Mi
sento come trascinare, ma anche qui senz'avvertire che mi si faccia violenza. Solo che io, dentro di
me, ignaro di tutto, sono quasi da ogni parte ritenuto. Ma considero che, se non so neppur come, né
di dove, né perché ci sia venuto, debbo aver torto io certamente e ragione tutti gli altri che, non solo
pare lo sappiano, ma sappiano anche tutto quello che fanno sicuri di non sbagliare, senza la minima
incertezza, così naturalmente persuasi a fare come fanno, che m'attirerei certo la maraviglia, la
riprensione, fors'anche l'indignazione se, o per il loro aspetto o per qualche loro atto o espressione,
mi mettessi a ridere o mi mostrassi stupito. Nel desiderio acutissimo di scoprire qualche cosa, senza
farmene accorgere, debbo di continuo cancellarmi dagli occhi quella certa permalosità che di
sfuggita tante volte nei loro occhi hanno i cani. Il torto è mio, il torto è mio, se non capisco nulla, se
non riesco ancora a raccapezzarmi. Bisogna che mi sforzi a far le viste d'esserne anch'io persuaso e
che m'ingegni di far come gli altri, per quanto mi manchi ogni criterio e ogni pratica nozione, anche
di quelle cose che pajono più comuni e più facili.

Non so da che parte rifarmi, che via prendere, che cosa mettermi a fare.

Possibile però ch'io sia già tanto cresciuto, rimanendo sempre come un bambino e senz'aver fatto
mai nulla? Avrò forse lavorato in sogno, non so come. Ma lavorato ho certo; lavorato sempre, e
molto, molto. Pare che tutti lo sappiano, del resto, perché tanti si voltano a guardarmi e più d'uno
anche mi saluta, senza ch'io lo conosca. Resto dapprima perplesso, se veramente il saluto sia rivolto
a me; mi guardo accanto; mi guardo dietro. Mi avranno salutato per sbaglio? Ma no, salutano
proprio me. Combatto, imbarazzato, con una certa vanità che vorrebbe e pur non riesce a illudersi, e
vado innanzi come sospeso, senza potermi liberare da uno strano impaccio per una cosa - lo
riconosco - veramente meschina: non sono sicuro dell'abito che ho addosso; mi sembra strano che
sia mio; e ora mi nasce il dubbio che salutino quest'abito e non me. E io intanto con me, oltre a
questo, non ho più altro!

Torno a cercarmi addosso. Una sorpresa. Nascosta nella tasca in petto della giacca tasto come una
bustina di cuojo. La cavo fuori, quasi certo che non appartenga a me ma a quest'abito non mio. E'
davvero una vecchia bustina di cuojo, gialla scolorita slavata, quasi caduta nell'acqua di un ruscello
o d'un pozzo e ripescata. La apro, o, piuttosto, ne stacco la parte appiccicata, e vi guardo dentro. Tra
poche carte ripiegate, illeggibili per le macchie che l'acqua v'ha fatte diluendo l'inchiostro, trovo una
piccola immagine sacra, ingiallita, di quelle che nelle chiese si regalano ai bambini e, attaccata ad
essa quasi dello stesso formato e anch'essa sbiadita, una fotografia. La spiccico, la osservo. Oh! E'
la fotografia di una bellissima giovine, in costume da bagno, quasi nuda, con tanto vento nei capelli
e le braccia levate vivacemente nell'atto di salutare. Ammirandola, pur con una certa pena, non so,
quasi lontana, sento che mi viene da essa l'impressione, se non proprio la certezza, che il saluto di
queste braccia, così vivacemente levate nel vento, sia rivolto a me. Ma per quanto mi sforzi, non
arrivo a riconoscerla. E' mai possibile che una donna così bella mi sia potuta sparire dalla memoria,

portata via da tutto quel vento che le scompiglia la testa? Certo, in questa bustina di cuojo caduta un tempo nell'acqua, quest'immagine, accanto all'immagine sacra, ha il posto che si dà a una fidanzata.

Torno a cercare nella bustina e, più sconcertato che con piacere, nel dubbio che non m'appartenga, trovo in un ripostiglio segreto un grosso biglietto di banca, chi sa da quanto tempo lì riposto e dimenticato, ripiegato in quattro, tutto logoro e qua e là bucherellato sul dorso delle ripiegature già lise.

Sprovvisto come sono di tutto, potrò darmi ajuto con esso? Non so con qual forza di convinzione, l'immagine ritratta in quella piccola fotografia m'assicura che il biglietto è mio. Ma c'è da fidarsi d'una testolina così scompigliata dal vento? Mezzogiorno è già passato; casco dal languore: bisogna che prenda qualcosa, ed entro in una trattoria.

Con maraviglia, anche qui mi vedo accolto come un ospite di riguardo, molto gradito. Mi si indica una tavola apparecchiata e si scosta una seggiola per invitarmi a prender posto. Ma io son trattenuto da uno scrupolo. Fo cenno al padrone e, tirandolo con me in disparte, gli mostro il grosso biglietto logorato. Stupito, lui lo mira; pietosamente per lo stato in cui è ridotto, lo esamina; poi mi dice che senza dubbio è di gran valore ma ormai da molto tempo fuori di corso. Però non tema: presentato alla banca da uno come me, sarà certo accettato e cambiato in altra più spicciola moneta corrente.

Così dicendo il padrone della trattoria esce con me fuori dell'uscio di strada e m'indica l'edificio della banca lì presso.

Ci vado, e tutti anche in quella banca si mostrano lieti di farmi questo favore. Quel mio biglietto - mi dicono - è uno dei pochissimi non rientrati ancora alla banca, la quale da qualche tempo a questa parte non dà più corso se non a biglietti di piccolissimo taglio. Me ne danno tanti e poi tanti, che ne resto imbarazzato e quasi oppresso. Ho con me solo quella naufraga bustina di cuojo.

Ma mi esortano a non confondermi. C'è rimedio a tutto. Posso lasciare quel mio danaro in deposito alla banca, in conto corrente. Fingo d'aver compreso; mi metto in tasca qualcuno di quei biglietti e un libretto che mi dànno in sostituzione di tutti gli altri che lascio, e ritorno alla trattoria. Non vi trovo cibi per il mio gusto; temo di non poterli digerire. Ma già si dev'esser sparsa la voce ch'io, se non proprio ricco, non sono certo più povero; e infatti, uscendo dalla trattoria, trovo una automobile che m'aspetta e un autista che si leva con una mano il berretto e apre con l'altra lo sportello per farmi entrare. Io non so dove mi porti. Ma com'ho un'automobile, si vede che, senza saperlo, avrò anche una casa. Ma sì, una bellissima casa, antica, dove certo tanti prima di me hanno abitato e tanti dopo di me abiteranno. Sono proprio miei tutti questi mobili? Mi ci sento estraneo, come un intruso. Come questa mattina all'alba la città, ora anche questa casa mi sembra deserta; ho di nuovo paura dell'eco che i miei passi faranno, movendomi in tanto silenzio. D'inverno, fa sera prestissimo; ho freddo e mi sento stanco. Mi faccio coraggio; mi muovo; apro a caso uno degli usci; resto stupito di trovar la camera illuminata, la camera da letto, e, sul letto, lei, quella giovine del ritratto, viva, ancora con le due braccia nude vivacemente levate, ma questa volta per invitarmi ad accorrere a lei e per accogliermi tra esse, festante.

E' un sogno?

Certo, come in un sogno, lei su quel letto, dopo la notte, la mattina all'alba, non c'è più. Nessuna traccia di lei. E il letto, che fu così caldo nella notte, è ora, a toccarlo, gelato, come una tomba. E c'è in tutta la casa quell'odore che cova nei luoghi che hanno preso la polvere, dove la vita è appassita da tempo, e quel senso d'uggiosa stanchezza che per sostenersi ha bisogno di ben regolate e utili abitudini. Io ne ho avuto sempre orrore. Voglio fuggire. Non è possibile che questa sia la mia casa. Questo è un incubo. Certo ho sognato uno dei sogni più assurdi. Quasi per averne la prova, vado a guardarmi a uno specchio appeso alla parete dirimpetto, e subito ho l'impressione d'annegare, atterrito, in uno smarrimento senza fine. Da quale remota lontananza i miei occhi, quelli che mi par d'avere avuti da bambino, guardano ora, sbarrati dal terrore, senza potersene persuadere, questo viso di vecchio? Io, già vecchio? Così subito? E com'è possibile?

Sento picchiare all'uscio. Ho un sussulto. M'annunziano che sono arrivati i miei figli.

I miei figli?

Mi pare spaventoso che da me siano potuti nascere figli. Ma quando? Li avrò avuti jeri. Jeri ero ancora giovane. E' giusto che ora, da vecchio, li conosca.

Entrano, reggendo per mano bambini, nati da loro. Subito accorrono a sorreggermi; amorosamente mi rimproverano d'essermi levato di letto; premurosamente mi mettono a sedere, perché l'affanno mi cessi. Io, l'affanno? Ma sì, loro lo sanno bene che non posso più stare in piedi e che sto molto molto male.

Seduto, li guardo, li ascolto; e mi sembra che mi stiano facendo in sogno uno scherzo.

Già finita la mia vita?

E mentre sto a osservarli, così tutti curvi attorno a me, maliziosamente, quasi non dovessi accorgermene, vedo spuntare nelle loro teste, proprio sotto i miei occhi, e crescere, crescere non pochi, non pochi capelli bianchi.

- Vedete, se non è uno scherzo? Già anche voi, i capelli bianchi.

E guardate, guardate quelli che or ora sono entrati da quell'uscio bambini: ecco, è bastato che si siano appressati alla mia poltrona: si son fatti grandi; e una, quella, è già una giovinetta che si vuol far largo per essere ammirata. Se il padre non la trattiene, mi si butta a sedere sulle ginocchia e mi cinge il collo con un braccio, posandomi sul petto la testina.

Mi vien l'impeto di balzare in piedi. Ma debbo riconoscere che veramente non posso più farlo. E con gli stessi occhi che avevano poc'anzi quei bambini, ora già così cresciuti, rimango a guardare finché posso, con tanta tanta compassione, ormai dietro a questi nuovi, i miei vecchi figliuoli.

FINE